이제는 더 이상 헤매지 말자

바 이 런

이제는 더 이상 헤매지 말자
이토록 늦은 한밤중에
지금도 사랑은 가슴 속에 깃들고
지금도 달빛은 환하지만,

칼을 쓰면 칼집이 해어지고
정신을 쓰면 가슴이 헐고
심장도 숨 쉬려면 쉬어야 하고
사랑도 때로는 쉬어야 하니,

밤은 사랑을 위해 있고
낮은 너무 빨리 돌아오지만
이제는 더 이상 헤매지 말자
아련히 흐르는 달빛 사이를……

비 문(碑文)

드 라 메어

여기 고이 잠든 이는 진정 아름다운 여인,
발걸음도 마음도 가볍고
정녕 '서쪽 나라'에선
다시 없이 아름답던 여인입니다.
그러나 아름다움은 소멸하고, 사라지는 것,
제아무리 보기 드문 …희귀한 아름다움일지라도
이제 나 또한 부서져 흙으로 돌아가면 그 누가
'서쪽 나라'의 이 여인을 기려 줄 것인가?

초원의 빛

워즈워드

여기 적힌 먹빛이 희미해짐을 따라
그대 사랑하는 마음 희미해진다면
여기 적힌 먹빛이 마름해 버리는 날
나 그대를 잊을 수 있을 것입니다.

초원의 빛이여!
꽃의 영광이여!

그것이 돌아오지 않음을 서러워 말아라
그 속에 간직된 오묘한 힘을 찾을지라
초원의 빛이여! 그 빛이 빛날 때
그대 영광 찬란한 빛을 얻으소서.

첫 사 랑

괴 테

아……누가 그 아름다운 날을 가져다 줄 것이냐,
저 첫사랑의 날을.
아……누가 그 아름다운 때를 돌려 줄 것이냐,
저 사랑스러운 때를.

쓸쓸히 나는 이 상처를 기르고 있다.
끊임없이 새로와지는 한탄과 더불어
잃어버린 행복을 슬퍼한다.

아……누가 그 아름다운 날을 가져다 줄 것이냐!
그 즐거운 때를.

저는 황야를 본 적이 없어요

디 킨 슨

저는 황야를 본 적이 없어요,
저는 바다를 본 적이 없어요,
그래도 저는 알고 있어요, 하이드가 어떻게 생겼는지
파도가 어떤 것인지,
저는 하나님과 이야기 해 본 적이 없고
하늘 나라에 가본 적도 없어요,
그래도 저는 그곳을 분명히 알고 있어요
마치 그곳 지도를 받기라도 한 것처럼.

동 경

후 흐

그대의 곁에 있을 양이면
고생도 위험도 견디오리다
동무도 집도
이 땅의 풍성함도 버리오리다

내 그대를 그리옵니다
밀물이 언덕을 그리듯
가을이면 제비들이
남쪽 나라 그리듯이

집 떠난 알프스의 아들이
밤마다 혼자서
눈 쌓인 그 산을
달빛 아래서 그리듯이.

사랑은 조용히 오는 것

밴더빌트

사랑은 조용히 오는 것
외로운 여름과
거짓 꽃이 시들고도
지나간 세월이 흐를 때.

사랑은 천천히 오는 것
얼어붙은 물 속으로 파고드는
밤하늘의 총총한 별처럼
지그시 송이송이
내려 앉는 눈과도 같이.

조용히 천천히
땅 속에 뿌리박은 밀,
사랑은
열(熱)은
더디고 조용한 것
내려왔다가 치솟는
눈처럼

사랑은 살며시 뿌리로 스며드는 것
조용히 씨앗은
싹을 튼다
달이 커지듯 천천히

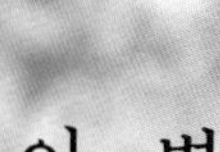

이 별

아뽈리네르

그들의 얼굴은 파랗고
그들의 흐느낌은 꺾이었네

해맑은 꽃잎에 쌓인 눈, 아니
입맞춤에 떨리는 그대의 손길처럼
가을 잎은 말없이 떨어지고 있네.

영혼의 애송시 220편

오늘의 젊은 지성을 위한 영혼의 애송시!

世界의 名詩

전면컬러판시집

편집부 엮음

太乙出版社

영원, 그 마음의 고향을 찾아서

우리들 청춘의 날들을 풍요롭게 만들어 주던 감미로운 추억의 언어, 그것은 우리들의 가슴에서 결코 사라질 수 없는 영원한 마음의 고향입니다.

젊은 날, 맨 처음 타인을 향하여 우리의 닫혀진 가슴을 열 때, 거기에는 아름다운 꿈이 있고 황홀한 속삭임이 있었읍니다. 그때 우리들의 가슴은 유난히도 두근거렸고, 왠지 모르게 말못할 부끄러움 같은 것이 우리들 주위를 파수꾼처럼 맴돌곤 했었지요.

그때 우리들이 사용했던 언어는 참으로 그윽한 향기를 가진 시어(詩語)였읍니다. 지상에서 가장 아름다운 언어, 풀빛을 띤 상큼한 내음새를 가진 그 언어가 그때는 왜 그렇게 우리들의 정령(精靈)을 잡아당겼는지 모릅니다.

세월이 흐르고, 육체적으로 또 사회적으로 성장해 가는 나날 속에서도 이렇게 잊히지 않고 떠오르는 까닭은, 바로 그 풀빛 내음이 너무나도 진하게 우리들 가슴의 어느 구석에선가 사라지지 않고 아직까지 머물러 있기 때문입니다.

혼자 남아서 기다리는 시간에, 혹은 잠 못이루는 고독한 밤에, 한 편의 주옥같은 싯귀를 읊노라면 마음은 항상 젊은 날의 꿈길을 달리게 됩니다. 이것은 우리가 흔히 경험하는 일입니다.

시는 우리의 생활에 없어서는 안될 정신적인 청량제입니다. 삶의 혼돈 속에서도 바른 마음과 안정된 정서를, 시는 우리에게 보장해 줍니다.

이제 폐사에서「한국의 명시」에 이어 이 책「세계의 명시」를 펴내는 까닭은 바로 현대의 삶이 가져다 주는 혼돈된 가치관의 새로운 정립을 위해서입니다. 티없이 맑은 젊은 날의 꿈을 다시 재현시키면서,

하루 하루를 새롭게 경의로운 마음으로 살아간다면 얼마나 다행스러운 일입니까.

삶이 외롭고 모든 것이 짜증스럽게 느껴질 때면 문득 한 편의 싯귀를 조용히 낭송해 보십시오. 고요한 음율 속에서 당신의 삶을 시심(詩心)속으로 인도하시기 바랍니다. 그러면 당신은 지금까지 느껴보지 못하던 새로운 삶의 환희를 체험할 수 있게 될 것입니다.

이 책에는 동서 고금을 통한 세계의 대시인들이 남긴 영혼의 시들만을 모아 간단 명료한 해설까지를 덧붙였읍니다.

이 땅의 외로운 이들의 삶의 반려가 족히 될줄로 믿습니다.

아울러 이 책에 소개된 세계의 여러 시인들의 아름다운 영혼의 연주에 대하여 다시 한 번 경의를 표하는 바입니다.

編輯部 編

차 례*

콕 토

산 비 둘 기

두 마리의 산비둘기가
상냥한 마음으로
사랑하였읍니다.

그 나머지는
차마 말씀 드릴 수 없읍니다.

예이츠

이니스프리의 호도(湖島)

나 인제 일어나 가리, 내 고향 이니스프리로
  돌아가리,
거기 외 엮어 진흙 바른 오막살이 집 짓고
아홉 이랑 콩을 심고, 꿀벌통 하나 두고
벌떼 잉잉거리는 숲 속에 홀로 살리.

그리고 거기서 얼마쯤의 평화를 누리리, 평화
  는 천천히
아침의 베일로부터 귀뚜리 우는 곳으로 떨어
  져 내리거든,
한밤중은 희미하게 빛나고, 한낮은 자주빛으
  로 타오르며
저녁엔 홍방울새 날개 소리 가득차는 그곳.

나 인제 일어나 가리, 밤이나 낮이나

◇콕또(Jean Cocteau 1889~1963)의 대표작 중의 한편이다. 콕또는 프랑스가 낳은세계적인 팔방미인(八方美人)이다. 시인이며 소설가이며, 창작가, 연출가, 배우, 화가이기도 한 그는 주로 애상적이며서 정적인 시를 많이 썼다. 이 작품도 그의 시정신을 대표할만한 수작(秀作)으로 꼽힌다. 사랑과 자유와 순결과 평화의 상징인 산비둘기를 내세워 인간의 본성적인 순애(純愛)를 그리고 있다.

◇예이츠(William Butler Yeats 1865~1939)는 아일란드의 국민시인이다. 아일란드 문예 부흥운동에 공명하였고, 아일란드 문예협회 창립에 협력하였으며, 뒤에는 아일란드 국민극단 및 애비극단을 창설하기도 했다. 그의 작품 중의 가장 유명한 대표작이 바로〈이니스프리의 호도(湖島)〉이다.
  이 시는 시인의 고향인 아일란드의 이니스프리 호수에 있는 섬의 아름다움을 노래한 서정시이다. 문명의 이기 속에서 소용돌이치는 도회의 생활과 퍽 대조적인 전원 풍경이 마치 한 폭의 서양화를 펼쳐 놓은듯하다. 진흙을 바른 오두막이 있고, 콩밭 옆에는 꿀벌들이 잉잉거리는 숲속의 한가로운

호숫가에 찰랑대는 잔물결 소리 들려오는 그 곳으로,
한길이나 잿빛 포도(鋪道)에 서 있어도
그 물결 소리 이토록 내 가슴 깊은 곳에 괴어 들거든.

정경은 삶의 진땀이 배인 도회의 생활과는 거리가 멀다. 시인은 이러한 아늑한 정경에 대한 극찬으로 '평화'라는 낱말을 사용하고 있다. 어느 무엇과도 바꿀 수 없는 자유의 요람인 평화, 그 평화를 아름다운 고향 산천에서 찾고싶어하는 시인의 마음은 현대의 각박한 삶에 허덕이는 우리 모두의 염원과도 상통한다.

낙 엽

우리를 사랑하는 긴 잎사귀 위에 가을은 당도했다.
그리고 보릿단 속에 든 생쥐에게도.
우리 위에 있는 로우언나무 잎사귀는 노랗게 물들고
이슬 맺힌 야생 딸기도 노랗게 물들었다.

사랑이 시드는 계절이 우리에게 닥쳐와
지금 우리의 슬픈 영혼은 지치고 피곤하다.
우리 헤어지자, 정열의 계절이 우리를 저버리기 전에,
그대의 수그린 이마에 한번의 입맞춤과 눈물 한 방울을 남기고서

키 츠

나이팅게일

내 가슴은 쑤시고, 나른히 파고 드는 마비에
감각이 저린다. 마치 방금 독당근 즙을 마신 듯,
또는 어지러운 아편일랑

◇키츠(John Keats 1795~1821)는 영국의 낭만주의를 대표하는 시인이다. 런던의 세마(貰馬) 집에서 태어나 처음에는 의학 공부에 열중하여 의

찌꺼기까지 들이키고 망각의 강쪽으로 가라앉
은 듯이,
이는 너의 행복한 신세가 샘나서가 아니오,
오직 너의 행복에 도취되는 나의 벅찬 행복에서
솟는 아픔이란다.
날개 가벼운 나무의 정령(精靈)인 네가
그 어느 노래서린 너도밤나무 속의 무수한
그림자 점 박힌 나무 잎새 속에서
이처럼 목청 떨쳐 가벼이 여름 노래 부르고 있
거든.

오, 한 모금 포도주가 그립고나! 오랜 세월동
안
깊이 판 땅속에 차게 간직되어
「프로라」와 푸른 전원과,
춤과 「프로방스」의 노래와 햇빛에 탄 환락의
향취 감도는 포도주가 못내 그립다!
오, 따스한 남국의 정취 서리고
진정한 진홍빛 히포크린 영천(靈泉)이 넘치는
한 잔 술.
잔가엔 방울방울 구슬진 거품 반짝이고
주둥이엔 자주빛 물든 큰 잔에
철철 넘치는 한 잔 포도주가 그립다.
그 술 한잔 여기 있으면 내 그를 마시고 이 세
상 남 몰래 떠나
너와 함께 저기 어두운 숲속으로 사라지련만.
멀리 사라져, 녹아서 잊으련다.
잎새 속의 너는 정녕 알리 없는 세상사를,
그 권태와 번열(煩熱)과 초조를 잊으련다.
여기 이렇게 인간들 마주 앉아 서로의 신음을

사가 되고자 하였다. 그러던 중에 그는 그리스·로마의 고전을 동경하고, 스펜서, 셰익스피어, 밀턴 등의 작품을 탐독한 나머지 문학 쪽으로 관심을 기울였다. 스물 한 살 때부터 리헌트 등과 친하여 불과 3년 동안에 천재적인 시적(詩的) 역량을 나타냈다. 25세의 젊은나이로 세상을 떠난 키츠는 짧은 시기에 원숙한 문학의 경지에까지 도달하였다. 바이런, 셸리 등과 함께 심미주의적인 예술 지상주의의 극점을 이루기도 한 그의 대표작은〈나이팅게일〉과〈빛나는 별이여〉등이다.

이 시는 깊은 밤을 울며 지새우는 나이팅게일 소리를 들으며 고뇌에 찬 이 세상의 슬픈 현실을 환상의 세계로 끌어올리려는 시인의 마음을 나타내 주고 있다.

듣고,
중풍든 폐인의 몇 오라기 남은 슬픈 머리카락
이 떨리고,
젊은이는 창백해져 유령처럼 야위어 죽어가는
이 세상,
생각만 해도 슬픔에 가득차고
거슴츠레한 절망이 눈에 서리며,
아름다운 여인은 그 빛나는 눈을 간직하지 못
하고,
새 사랑 또한 내일이면 그 애인의 눈동자에 기
쁨을 못 느끼는 이 세상,
가거라 ! 술은 이제 가거라 ! 내 이제는 네게로
날아 가련다.
바카스 주신(酒神)과 그의 표범이 끄는 전차
일랑 버리고
비록 내 우둔한 머리 혼미롭고 더디어도
눈에 보이지 않는 시의 날개를 펼쳐 그를 타고
가련다.
아 이미 너와 함께 있구나 ! 밤은 그윽하고,
때마침 달님 여왕은 옥좌에 올라있고,
뭇별 선녀들은 그를 둘러 섰도다.
그러나 여기엔 빛이 없다, 있다면 오직
푸르른 녹음과 구불구불한 이끼낀 길을 통해
하늘로부터 산들바람에 나부껴오는 어스름이
있을 뿐이라.
하여, 나는 볼수도 없다, 무슨 꽃이 내발길에
피었고,
그 어떤 부드러운 향기가 저 가지에 걸렸는지
를,
그러나 향긋한 어둠 속에서 짐작해본다.

이 계절, 이 달이 주는 하나하나의 향기로운
  것들을,
풀잎과, 덤불과, 야생 과일나무,
하얀 아가위와 목가(牧歌)속에 자주 읊어지는
  찔레꽃,
잎 속에 가려져 빨리 시드는 오랑캐꽃,
그리고 5월 중순의 맏아들인
술 이슬 가득 품고 피어나는 들장미를,
여름날 저녁이면 날벌레들 웅웅 모여드는 그
  꽃송이 소굴을,
어둠 속으로 나는 귀 기울인다. 한두번이 아니게
안락한 「죽음」과 어설픈 사랑에 빠졌던 나,
그리고는 수 많은 명상의 선율을 띄워
「죽음」을 다정한 이름처럼 불러
내 고요한 숨결을 허공으로 날려 달라고 호소
  하던 나,
이제사 나는 나의 숨결 거두기에, 고통없이 한
  밤중에
이 숨을 끊이기에 그 어느때보다 화려한 순간
  을 찾아낸 듯 하다.
네가 이토록 황홀하게 너의 영혼을 쏟아내고
  있는 이 순간에,
여전히 너는 노래 할지나 나는 듣지 못하고—
너의 드높은 진혼가(鎭魂歌)에 나는 한 줌 흙
  이 되리라.
너 죽으려고 태어나지 않은 불멸의 새여!
그 어떤 굶주린 세대도 너를 짓밟지 못한다.
지나가는 이 한밤에 내가 듣는 이 목소리를
옛날 황제도 농부도 들었으리라,
어쩌면 저 노래는 이역땅 보리밭에서

눈물지며 고향을 그릴제
루스의 슬픈 가슴 속에도 사무치고,
또한 저 노래는 쓸쓸한 선녀나라 위험한 바다
그 휘날리는 파도를 향해 열려진 신비로운 창문 자주 매혹했으리라.

쓸쓸하다 ! 바로 이 한 마디의 낱말은 조종(弔鐘)처럼
나를 네게서 불러내어 나 자신으로 돌아오게 하는구나.
그럼 안녕 ! 공상이란 사람 속이는 요정이라고 말을 하지만 그 말이 헛 됨을 이제 알았노라,
잘가거라 ! 잘가거라 ! 너의 구슬픈 노래는 사라진다.
가까운 풀밭을 지나, 고요한 시내 건너고,
저기 저 언덕 위로, 그리고 이제는 그 다음 골짜기 숲 속에 깊이 묻혀 버렸다.
이것이 환상이냐, 아니면 백일몽이냐 ?
그 음악은 사라졌다——나 지금 깨어 있는가 잠들었는가 ?

빛나는 별이여

빛나는 별이여, 나 또한 너처럼 한결같이 존재하길 원하노라—
그러나 너처럼 외로이 빛나면서 밤하늘에 높이 걸려
자연계의 잠잊고 정진하는 은둔자되어,
인간계의 기슭 깨끗이 씻어 주는

◇이 시는 퍽 감상적이면서도 한편으로는 체념적인 시인의 기분이 잘 드러나 있다. 빛나는 별을 보면서 삶의 무상함을 느껴야 하는 시인의 심정은 한마디로 무한대의 공간 속에서 유한한 삶을 살아가는 인간의 나약성을 비관하고 있다고도 볼

출렁이는 저 바다 물결을,
사제(司祭)다운 그 근행(勤行)을
영원히 뜬 눈으로 지켜보고자 함이 아니고,
혹은 또 산과 황량한 벌판에 사붓이 내린
백설의 새단장을 응시하고자함도 아니고——
아니다, 그건 아니다——나는 오직
보다 더 한결같이, 보다 더 변함없이
내 아리따운 임의 무르익는 젖가슴 베개삼고,
영원히 그 아늑한 기복을 느끼면서
영원히 감미로운 설레임 속에 잠깨어
언제까지나, 언제까지나
내 임의 그 고운 숨결 들으면서
나 영원토록 살고자 함이니——
그렇게 못할진대 나 여기에
아련히 숨을 거두고 말리라.

수 있다. '빛나는 별이여, 나 또한 너처럼 한결같이 존재하길 원하노라—' 고 하는 시인의 염원은 '영원히 존재할 수 없는' 현실에 대한 비탄인것이다.

오 든

저녁기도 Ⅱ

이 밤을 정겹게 하옵소서.
달님이여, 그 하늘 높은 곳에서
올바르게 굽어보시고
나와 남다른 내 임과
방방곡곡의 벗들을 축복하옵소서.

한점 구름 없이 환하게
저희들의 공허를 감싸주시고
적막한 대우주와 희멀건 언덕과
번쩍이는 심해(深海)가 지켜보는 속에서

◇오든(Wystan Hugh Auden 1907～)은 영국 태생의 미국 시인이다. 영국에서 옥스포드대학을 졸업했고, 엘리어트 등과 신시운동에 참가하였다. 그의 시는 주로 중산층의 몰락을 풍자하는 새로운 스타일이 많다. 2차대전 후 미국으로 귀화한 후부터는 '풍자시'의 범주를 벗어나 '신앙시' 쪽으로 기울었다.

이 시 역시 그의 후기 작품으로 신앙을 주제로 한 작품이다.

저희들의 잠이 순결한 것이 되게 하옵소서.

피치 못할 사정으로 헤어진
저희들 하나하나에게 너그러움 베푸사
꿈 속에서라도 만나보게 하옵소서.
그러면 저희들 따스한 난롯가나 시원한 냇가
  에서
더불어 이야기하고 하오리다.

이 한밤 그 누군가
어둠 속에 불현듯 깨어나
잠자리에 홀로 외로울세라
그의 사랑하는 여인 차라리 죽길 바라며
솟구치는 분노에 애태울세라
교묘히 밝혀 살피옵소서.

로렌스

봄날 아침

아아, 열려진 방문 저쪽
저기 있는 것은 아먼드나무
불꽃 같은 꽃을 달고 있다.
—이제 다투는 일은 그만두자.

보라빛과 청색 사이
하늘과 꽃 사이에
참새 한 마리가 날개치고 있다.
—우리는 고비를 넘긴 것이다.

◇이 시는 로렌스의 대표작이다. 그는 시작(詩作) 이 외에도 평론과 산문 등을 많이 썼다. 이 시는 1917년에 발행된 시집 「보라, 우리는 고비를 넘긴 것이다」에 수록된 작품이다.

이제는 정말 봄!—보라
저 참새는 자기 혼자라 생각하면서
그 얼마나 꽃을 못살게 구는가.
—너와 나는

얼마나 둘이서 행복해지랴. 저걸 보렴
꽃송이를 두드리며
건방진 모습을 하고 있는 저 참새.
—하지만 너는 생각해 본 일이 있나?

이렇듯 괴로운 것이라고. 신경 쓰지 말지니
이제는 끝난 일, 봄이 온 것이다.
그리고 우리는 여름처럼 행복해지고
여름처럼 우아해지는 것이다.

우리는 죽었었다, 죽이고 피살된 것이니
우리는 예전의 우리가 아니다.
나는 새로운 느낌과 열의를 지니고
다시 한번 출발하려 마음먹는다.

살고 잊는다는 것, 그리고 또한
새로운 기분을 가진다는 것은 사치다.
꽃 속의 새가 보이는가?—저것은
흔히 취하는 일 없는 큰 소동을 벌이고 있다.

저 새는 이 푸른 하늘 전부가
둥지 속에 자기가 품고 있는 작고 푸른 하나의
알보다 훨씬 작다 생각한다—우리는 행복해진

다
너와 나와 그리고 나와 또 너와

이제 다툴 일이란 하나도 없다—
적어도 우리들 사이에서는.
보라, 방문 밖의 세계는
그 얼마나 호화로운가.

디킨슨

저는 황야를 본 적이 없어요

저는 황야를 본 적이 없어요,
저는 바다를 본 적이 없어요,
그래도 저는 알고 있어요, 히이드가 어떻게 생
겼는지
파도가 어떤 것인지,
저는 하나님과 이야기 해본 적이 없고
하늘 나라에 가본 적도 없어요,
그래도 저는 그곳을 분명히 알고 있어요
마치 그 곳 지도를 받기라도 한 것처럼

◇이 시는 디킨슨(EmilyElizabeth Dickinson 1830~1886)의 대표작이다. 사랑의 위대함과 포용성, 그리고 심미성을 드러내 보여주는 작품이다. 들판을 본 적도 없고, 바다를 본 적도 없지만, 그 들판에서 자라나는 꽃과 바다를 뛰어 오르는 파도가 어떤 것인지를 알고 있다는 시인의 역설은 바로 인간의 위대한 사랑의 힘에 대한 찬미이며 강조이다. 미국을 대표하는 여류 시인인 디킨슨은 부친의 편벽된 고집과 사춘기 이후의 실연 사건으로 인하여 한평생을 오로지 외톨박이로 숨어 살았다. 이러한 그녀의 환경은 결국 그녀를 외부 세계와 단절된 인간으로 성장시켰고, 그 영향은 곧 그의 시 전편에 반영되고 있다.

한 가슴의 깨어짐을 막을 수만 있다면

제가 만일 한 가슴의 깨어짐을 막을 수 있다
면
저의 삶은 헛되지 않아요.
제가 만일 한 생명의 아픔을 덜어주고

고통 하나를 식혀줄 수 있다면
그리고 또한 힘이 다해가는 로빈새 한마리를
그 둥지에 다시 올려 줄 수만 있어도
저의 삶은 진정 헛되지 않아요.

희망은 날개를 가지고 있는 것

희망은 날개를 가지고 있는 것
영혼 속에 머물면서
언어 없는 가락을 노래하며
결코 중지하는 일이 없다.

거센 바람 속에서 더욱 아름답게 들린다.
이 작은 새를 괴롭힌 일로 해서
폭풍우도 괴로움을 느낄 것이니
새는 많은 사람의 마음을 녹여 주었기에.

꽁꽁 얼듯이 추운 나라와
먼 바다 기슭에서 그 노래를 들었다.
그러나 괴로움 속에 있으나 한 번이라도
빵 조각을 구하는 일은 하지 않았다.

◇한 평생을 외롭게 살아야했던 디킨슨의 내적(內的) 갈등은 항상 이루지 못한 '사랑'의 '한'이었다. 세상 사람들과의 접촉을 피하고 단절된 혼자만의 공간 속에서 오직 시(詩)만을 써 왔던 그녀는 환경의 지배를 초월하여 응어리진 감정을 훌륭하게 시화(詩化) 시키는데 성공하였다. 그녀는 생전에 겨우 두 편의 짧은 시만을 독자에게 선보였을 뿐이었다. 그녀는 그녀가 외부 세계와의 접촉을 심히 꺼린 탓이었다.그녀는 그전에는 그다지 알려지지 않은 시인이었지만, 죽은후에 발행된 시집을 통하여 그진가(眞価)가 독자들에게 알려지게 되었다. 간단 명료하고도 윤곽이 뚜렷한 그녀의 시풍(詩風)은 한 마디로 엘리어트의 시 세계와도 일맥상통한다.

로제티

생 일 날

내 마음은
파릇한 가지에 둥지 짓고 노래하는 새와 같다.

◇사랑하는 사람을 기다리는 여인의 마음이 애련하게 드러나 있는 시이다. 생일날을 맞이

내 마음은
가지가 휘 듯 열매 달린 사과나무와 같다.
내 마음은
잔잔한 바다에서 놀고 있는 보라빛 조개 같다.
내 마음이
그보다 더 설레임은 그이가 오기 때문이다.

날 위해 명주와 솜털의 단을 세우고
그 단의 모피와 자주색 옷을 걸쳐 다오.
거기에다 비둘기와 석류
백개의 눈을 가진 공작을 조각하고
금빛 은빛 포도송이와
잎과 백합화를 수놓아 다오
내 생애의 생일날이 왔고
내 사랑하는 이가 내게 왔으니.

하여 부풀어 오르는 심정은 곧 사랑하는 사람을 기다리는 소녀의 마음과도 같다. 사랑에 눈뜨기 시작한 소녀의 진실을 부푼 가슴으로 노래하고 있는 작품이다. 이 시는 〈노래〉와 더불어 로제티(Christina Georgina Rossetti 1830~1894)의 대표작이다.

노 래

내가 죽거든, 사랑하는 이여
날 위해 슬픈 노래를 부르지 마셔요.
내 머리맡에 장미도 심지 말고
그늘진 삼나무도 심지 마셔요.
내 위에 푸른 잔디를 퍼지게 하여
비와 이슬에 젖게 해 주셔요.
그리고 마음이 내키시면 기억해 주셔요.
아니, 잊으셔도 좋습니다.

나는 사물의 그늘도 보지 못하고
비가 내리는 것조차 느끼지 못하리다.

◇이 시는 어쩌면 김소월의 〈진달래〉와 같은 시상(詩想)을 느끼게 하는 작품이다. 항상 극과 극은 서로 상통한다. 지극한 사랑은 지극한 미움과 상통하며, 체념은 곧 염원과도 상통하는 것이다. 결코 잊을 수 없는 그리운 임과의 사별(死別)을 안타까와하는 여인의 기다림은 결국 너무 지나쳐서 '비가 내리는 것조차 느끼지' 못하고 '나이팅게일의 울음소리'조차 듣지 못하는 열정 속으로 침잠해 들어가고 있다. 이 시의 작가(作者)인 로제티는 흡사 디킨슨과 같은 시작(詩作) 환

슬픔에 잠긴 양 계속해서 울고 있는
나이팅게일의 울음 소리도 듣지 못하리다.
날이 새거나 날이 저무는 일 없는
희미한 어두움 속에서 꿈꾸며
아마 나는 당신을 잊지 못하겠지요.
아니, 잊을지도 모릅니다.

경을 가지고 있다. 약혼이 불행한 관계로 끝나자 세상 사람들과의 접촉을 끊고 오로지 어머니와 함께 은둔생활로 여생을 마친 것이다.

기억해 줘요

날 기억해 줘요, 나 가고 없을 때,
머나먼 침묵의 나라로, 나 영영 가버렸을 때
당신이 더 이상 내 손을 잡지 못하고
나 되돌아가려다 다시 돌아서 버리는 그때에.
날 기억해 줘요, 당신이 짜냈던 우리들 앞날의 계획을
날마다 나한테 이야기 할 수 없게 될 때에.
날 기억해 주기만 해요,
그 때엔 의논도 기도도 이미 늦는다는 것을 당신은 알아요.
그러나 행여 당신이 나를 잠시나마 잊어야 할 때가 있을지라도
그 후에 다시 기억해 줘요, 가슴 아파 하질랑 말고——
혹시 암흑과 부패 속에서 살아 생전 내가 품던
생각의 흔적이라도 보고
나를 기억하여 슬퍼하느니보다
잊어버리고 웃는 편이 훨씬 더 나을 테니까요.

◇이 시는 〈노래〉와 같은 시상(詩想)으로 출발한 작품이면서도 표현 방법은 정반대의 이미지를 취하고 있다. 헤어진 연인과의 안타까운 사랑에 대한 연민과 기다림이 이 시의 전편에 나타나 있다. 현실에서 약혼했던 남성으로부터 본의 아니게 파혼을 당하지 않으면 안되었던 자신의 처지에 대한 항변과 떠나버린 연인이 되돌아오기를 갈망하는 여성 특유의 끈질긴 기다림이 강렬하고 애절하게 표출되고 있는 작품이다.

스티븐슨

진 혼 곡

별빛 아름다운 넓은 하늘 아래
무덤 파고 거기에 나를 눕혀 다오.
즐겁게 살았고 또 즐겁게 죽으니
즐거이 또한 이 몸 눕노라.

묘비에 새길 싯구는 이렇게 써 다오.
오래 바라던 곳에 그는 누워 있으니
바다에 갔던 뱃사람 집으로 돌아오다.
산으로 갔던 사냥꾼 집으로 돌아오다.

◇이 시는 한 마디로 '미리 쓴 유언'에 해당하는 작품이다. 〈김소월의 초혼〉과도 일맥상통하는 느낌을 준다.

밴더빌트

사랑은 조용히 오는 것

사랑은 조용히 오는 것
외로운 여름과
거짓 꽃이 시들고도
기나긴 세월이 흐를 때,

사랑은 천천히 오는 것
얼어붙은 물 속으로 파고드는
밤하늘의 총총한 별처럼
지그시 송이송이
내려앉는 눈과도 같이,

조용히 천천히

◇대자연의 섭리를 사랑에 비유하여 쓴 시이다. 우주의 순행(順行)과 사랑의 진리는 일치한다. 세월이 흐르고, 계절이 바뀌고, 새싹이 돋아 잎이 나고 가지가 자라며, 어린 아이가 어른이 되는 자연의 순행이야말로 사랑의 경이적인 모습이다. 이러한 사물의 움직임을 시인의 눈은 날카롭고 부드럽게 관조하고 있다.

땅 속에 뿌리박은 밀,
사랑은
열(熱)은
더디고 조용한 것
내려 왔다가 치솟는
눈처럼

사랑은 살며시 뿌리로 스며드는 것,
조용히 씨앗은
싹을 튼다
달이 커지듯 천천히

동 화

예전에 어느 소녀는
날마다 날마다
내일은 오늘과 다르기를
바라면서 살았답니다.

◇이 시는 〈사랑은 조용히 오는 것〉과 더불어 밴더빌트의 대표작에 속한다. 짧은 호흡 속에 긴 뜻을 담고 있는 작품으로 빼어난 수작(秀作)이다.

하이네

붉고 귀여운 입을 가진 아가씨

붉고 귀여운 입을 가진
달콤하고 시원스런 눈을 가진 아가씨,
나의 귀여운 어린 아가씨,
언제나 나는 잊지 않는다.

이 긴 긴 겨울 밤을
네 곁에 있고 싶다.

◇하이네(Heinrich Heine 1797~1856)는 도이취파시인이다. 유태인의 아들로 태어나 초기에는 상인이 되기 위하여 노력하였으나, 함부르크에 살고있는 백부를 만난 후로는 법학을 공부했다. 그러나 그는 전공학문을 살리지 않고 문학 쪽으로 전향했다.

너와 나란히 정든 방에 앉아
이야기가 하고 싶다.

네 작은 하이얀 손을
나는 입에 가져다 대고
그 손을 눈물로 적시고 싶다.
네 작은 하이얀 손아.

그의 시는 주로 매력적인 정율(情律)과 대중적인 소박함을 그 주제로 하고 있다.

저기 저 백합 꽃잎 속에

저기 저 백합 꽃잎 속에
이 마음을 깊이 묻고 싶다.
그때 백합은 울리면서
내 임의 노래를 부르리라.

노래는 몸서리치며 파르르 떨리라,
언젠가 즐겁던 그 한 때에
나에게 입맞춰 주던
그 입술처럼……

◇하이네의 시풍(詩風)은 대부분 코스모폴리탄적인 색채를 띠고 있다. 이 시 역시 아름다운 서정이 짙게 깔린 작품으로 널리 애송되어 오고 있는작품이다.

즐거운 봄이 찾아와

즐거운 봄이 찾아와
온갖 꽃들이 피어날 때에
그때 내 가슴 속에는
사랑의 싹이 움트기 시작하였네.

즐거운 봄이 찾아와
온갖 새들이 노래할 때에
그리운 사람의 손목을 잡고

◇자연과 인간의 감정과의 조화를 노래한 시이다. 이 시 역시 하이네의 대표작 중의 한편이다.

불타는 이 심정을 호소했읍네

롱펠로우

비 오는 날

날은 춥고 어둡고 쓸쓸 하다.
비내리고 바람은 쉬지도 않고
넝쿨은 아직 무너져 가는 벽에
떨어지지 않으려고 붙어있건만,
모진 바람 불때마다 죽은 잎새 떨어지며
날은 어둡고 쓸쓸도 하다.

내 인생 춥고 어둡고 쓸쓸도 하다.
비 내리고 쉬지도 않고
내 생각 아직 무너지는 옛날을
놓지 아니하려고 부둥키건만,
질풍 속에서 청춘의 희망은 우수수 떨어지고,
나날은 어둡고 쓸쓸도 하다.

조용하거라, 슬픈 마음들이여 ! 그리고 한탄일
　랑 말지어다.
구름 뒤에 태양은 아직 비치고
그대 운명은 뭇 사람의 운명이러니
누구에게나 반드시 얼마간의 비는 내리고
어둡고 쓸쓸한 날 있는 법이니.

◇시인으로서 보다는 저명한 하바드대학 교수로 더 알려진 롱펠로우(Henry Wadsworth Longfellow 1807~1882) 는 불의의 죽음을 당한 아내와의 사별(死別)을 제외 한다면, 다른 어떤 시인보다도 순탄한 인생의 여정을 보냈다. 그의 시들은 주로 교훈적이며, 이미지 전개가 뚜렷하여 사실적인 입체감을 살리고 있다.

〈비오는 날〉도 그러한 그의 사실적인 시상(詩想) 을 잘 대변해 주는 작품이다. 한 폭의 수채화를 그리듯이 뚜렷한 색채로 그의 내면의 영상을 쏟아놓고 있다. 비오는 날의 정경과 그 이미지, 그리고 그에 대한 감정 이입이 순조롭게 영합되어 교훈적인 시상을 한층 돋보이게 하고 있다.

인생 찬가

슬픈 사연으로 내게 말하지 말아라.

◇이 시 역시 롱펠로우의

인생은 한갓 헛된 꿈에 불과하다고!
잠자는 영혼은 죽은 것이어니
만물의 외양의 모습 그대로가 아니다.

인생은 진실이다! 인생은 진지하다.
무덤이 그 종말이 될 수는 없다.
"너는 흙이니 흙으로 돌아가라."
이 말은 영혼에 대해 한 말은 아니다.

우리가 가야 할 곳, 또한 가는 길은
향락도 아니요 슬픔도 아니다.
저마다 내일이 오늘보다 낫도록
행동하는 그것이 목적이요 길이다.

예술은 길고 세월은 빨리 간다.
우리의 심정은 튼튼하고 용감하나
싸맨 북소리처럼 둔탁하게
무덤 향한 장송곡을 치고 있느니.

이 세상 넓고 넓은 싸움터에서
인생의 노영 안에서
말 없이 쫓기는 짐승처럼 되지 말고
싸움에 이기는 영웅이 되라.

아무리 즐거워도 "미래"를 믿지 말라!
죽은 "과거"는 죽은 채 매장하라!
활동하라, 살아 있는 "현재"에 활동하라!
안에는 마음이, 위에는 하느님이 있다.

위인들의 생애는 우리를 깨우치느니,

대표작 중의 한 편이다. 〈비 오는 날〉과 마찬가지로 다분히 교훈적이며 설교적인 작품이다. 마치 자상하고 엄격한 아버지가 그의 사랑하는 아들을 앉혀 놓고 엄숙하게 타이르는 듯한 느낌을 주는 시이다. 이러한 그의 시풍(詩風)은 그가 비교적 엄격한 하버드대학의 교수였다는 점을 감안할 때, 어쩌면 당연한 현상인지도 모른다.

우리도 장엄한 삶을 이룰 수 있고,
우리가 떠나간 시간의 모래 위에
발자취를 남길 수가 있느니라.

그 발자취는 뒷날에 다른 사람이,
장엄한 인생의 바다를 건너가다가
파선되어 버려진 형제가 보고
다시금 용기를 얻게 될지니.

우리 모두 일어나 일하지 않으려나.
어떤 운명인들 이겨낼 용기를 지니고,
끊임없이 성취하고 계속 추구하면서
일하며 기다림을 배우지 않으려나.

화살과 노래

나는 공중을 향해 화살을 쏘았으나,
화살은 땅에 떨어져 간 곳이 없었다.
재빨리도 날아가는 화살의 자취,
그 누가 빠름을 뒤따를 수 있으랴.

나는 공중을 향해 노래를 불렀으나,
노래는 땅에 떨어져 간 곳이 없었다.
그 누가 날카롭고 강한 눈이 있어
날아가는 그 노래를 따를 것이랴.

세월이 흐른 뒤 참나무 밑둥에
그 화살은 성한 채 꽂혀 있었고,
그 노래는 처음에서 끝 구절까지
친구의 가슴 속에 숨어 있었다.

◇세월의 흐름과 인생의 무상함, 그리고 삶의 정한(情恨)을 느끼게 하는 이 시 역시 롱펠로우의 대표작 중의 한편으로 널리 애송된 작품이다. 화살을 통하여 세월의 흐름을 긴박감있게 묘사하였고, 노래를 통하여 인생의 정한을 읊고 있다.

워즈워드

인적 없는 외진 곳에 그 소녀는 살았다

다브의 샘가
인적 없는 외진 곳에 그 소녀는 살았네.
칭찬하는 사람 아무도 없고
사랑하는 사람 또한 전혀 없던 그 소녀.

이끼낀 바위 틈에 반쯤 가리워
다소곳이 피어 있는 한 송이 오랑캐꽃.
──하늘에 홀로 반짝이는 샛별처럼 아름답던
　그 소녀.

아는 이 없는 삶을 살다가
아는 이 별로 없이 삶을 거둔 가엾은 루시
이제는 무덤 속에 고이 잠들었으니,
오! 나에겐 천지가 달라졌도다.

◇영국의 자연주의 시인을 대표하는 워즈워드(William Wordsworth 1770~1850)의 시풍(詩風)은 무엇보다도 순박하게 빛나는 시상(詩想)의 전개와 아름다운 사랑의 선율적인 미학(美學)에 있다고 볼 수 있다. 그의 시는 모두가 다 거의 완벽한 노래의 율법(律法)에 접근하고 있다. 영국의 자연시인 중에서 워즈워드의 시만큼 전세계적으로 많이 애송된 시도 드물 것이다. 이 시는 〈초원의 빛〉, 〈무지개〉 등과 더불어 그의 대표작이라고 할 수 있다.

초원의 빛

여기 적힌 먹빛이 희미해짐을 따라
그대 사랑하는 마음 희미해진다면
여기 적힌 먹빛이 마름해 버리는 날
나 그대를 잊을 수 있을 것입니다.

　　초원의 빛이여!
　　꽃의 영광이여!

그것이 돌아오지 않음을 서러워 말아라.

◇사춘기를 넘어선 사람들 중에 이 시를 모르는 이는 거의 없을 것이다. 처음부터 끝까지 시를 외우지는 못한다고 할지라도 어느 한 귀절만큼씩은 모두가 다 외우고 있을 정도로 많이 애송된 시이다. 초원을 부드럽게 장식하는 풀빛처럼 지고(至高)하고 순수한 남녀간의 사랑을 그 주제로 하고 있는 이 시는 감미로움과 황홀함까지를

그 속에 간직된 오묘한 힘을 찾을지라.
초원의 빛이여 ! 그 빛이 빛날 때
그대 영광 찬란한 빛을 얻으소서.

동시에 느끼게 한다.

무 지 개

하늘에 무지개 바라보면
내 마음 뛰노나니,
나 어려서 그러하였고
어른 된 지금도 그러하거늘
나 늙어서도 그러할지어다.
아니면 이제라도 나의 목숨 거둬 가소서.

어린이는 어른의 아버지,
원하노니 내 생애의 하루하루가
천생의 경건한 마음으로 이어질진저……

◇이 시 역시 워즈워드의 대표작으로 손꼽히는 작품이다. 하늘에 새겨진 무지개를 바라다 보면서 느끼는 인생의 무상함과 오묘한 자연의 섭리는 시인의 마음에 새로운 희망과 뜨거운 삶의 의지, 그리고 경건한 생애의 자세를 부여해 준다. 이 시의 하이라이트는 역시 마지막 연인 '어린이는 어른의 아버지, /원하노니 내 생애의 하루하루가 /천생의 경건한 마음으로 이어질진저……' 이다.

3월의 노래

닭이 운다.
시냇물은 흐르고,
새떼 재잘대며,
호수는 반짝이는데
푸른 초원은 햇볕 속에 잠들었다.

늙은이도 어린이도
젊은이와 함께 일할
풀 뜯는 가축들은
모두 고개를 들지 않누나
마흔 마리가 하나인양.

◇따사로운 3월에 대자연을 바라보는 시인의 마음을 읊은 시이다. 한 폭의 수채화를 감상하는 듯한 느낌이 든다. 닭이 울고, 시냇물이 흐르고, 새들은 지저귀며, 푸른 초원은 햇볕을 받으며 따사롭게 잠들어 있다. 이러한 평화로운 대자연의 품에 안기면 사람의 마음도 포근한 기분과 새로운 삶의 의욕으로 충만된다. 매우 전원적이면서도 자연주의적인 작품이다.

패배한 군사처럼
저기 저 헐벗은 산마루에
병들어 누웠는데
이랴 이랴 ! 밭가는 아이 목청 힘차고나.

산에는 기쁨,
샘에는 생명,
조각 구름 두둥실 떠 흐르는
저 하늘은 푸르름만 더해가니
비 개인 이 날의 기쁨인저.

후 흐

동 경

그대의 곁에 있을 양이면
고생도 위험도 견디오리다.
동무도 집도
이 땅의 풍성함도 버리오리다.

내 그대를 그리웁니다.
밀물이 언덕을 그리듯
가을이면 제비들이
남쪽 나라 그리듯이

집 떠난 알프스의 아들이
밤마다 혼자서
눈 쌓인 그 산을
달빛 아래서 그리듯이.

◇이 시는 독일의 신낭만주의를 대표하는 후흐(Ricarda Huch 1864~1947) 의 작품이다. 그는 자연주의의 피상적인 태도에 반기를 들고, 그 전(前) 세기의 낭만주의에로 복귀하려고 노력하였다. 그 결과 그의 시에는 미적(美的) 인 것과 생(生)의 대립에서 생을 억제하려는 의지와 미(美)의 지복(至福)을 꿈꾸는 환상이 엿보인다.

타고르

당신 곁에

하던 일 뒤로 미루고
잠시 당신 곁에 앉을 은총을 구합니다.

당신의 얼굴 못 뵈오면
저의 마음엔 안식도 휴식도 없고
저의 하는 일은 모두 다
가없는 고통의 바다 속에서
끝없는 번민으로 변하옵니다.

오늘 여름은 한숨짓고 속삭이면서
저의 창 가를 찾아 왔고
벌들은 꽃덤불 정원에서
노래 읊기에 열중하고 있읍니다.

지금은 고요히 당신과 마주 앉아
삶의 헌사(獻詞)를 노래할 시간입니다.
침묵에 잠긴
넘치는 안일속에서.

◇인도의 벵갈 시인이며 사상가인 타고르(Rabindranath Tagore 1861~1941)는 혁신사상가였던 부친 레빈드라나트의 영향을 받아 동서문화 융합에 노력하였다. 그는 주로 서정적 이면서도 사상성이 강한 작품들을 썼다. 걸작 「기탄잘리」로 노벨 문학상을 받기도 한 그는 만년에 이르러 후진 교육에 정성을 쏟기도 했다.

동방의 등불

일찌기 아시아의 황금 시기에
빛나던 등불의 하나였던 코리아,
그 등불 다시 한번 켜지는 날에
너는 동방의 밝은 빛이 되리라.
마음에는 두려움이 없고

◇이 시는 우리 나라를 예찬한 작품이다. 여명기로부터 깨어 일어나 언젠가는 동방의 찬란한 등불이 될 것이라는 것을 예언한 시이다.

머리는 높이 쳐들린 곳,
지식은 자유스럽고
좁다란 담벽으로 세계가 조각조각 갈라지지 않는 곳,
진실의 깊은 속에서 말씀이 솟아나는 곳,
끊임없는 노력이 완성을 향하여 팔을 벌리는 곳,
지성의 맑은 흐름이
굳어진 습관의 모래벌판에 길 잃지 않는 곳,
무한히 퍼져 나가는 생각과 행동으로 우리들의 마음이 인도되는 곳,
그러한 자유의 천국으로
내 마음의 조국 코리아여 깨어나소서.

바닷가에서

끝없는 세계의
바닷가에 아이들이 모입니다.
가없는 하늘 그림같이 고요한데
쉼없는 물결은 사납게 출렁입니다.
끝없는 세계의 바닷가에
소리치며 춤추며 아이들이 모입니다.

모래성 쌓는 아이
조개 껍질로 놀이하는 아이
마른 나뭇잎으로 배를 접어
웃으면서 망망 대해(大海)로 띄워 보내는 아이
모두들 끝없는 세계의 바닷가에서 재미나게 놉니다.

◇이 시는 〈당신 곁에〉,〈동방의 등불〉 등과 더불어 타고르의 대표작으로 널리 애송되고 있는 작품이다. 어린아이들의 순진무구한 행동과 출렁이는 바닷가의 숨김없는 자태를 통하여 인간적인 사랑과 진실을 강조하고 있다.

그들은 모릅니다.
헤엄칠 줄도, 그물 던질 줄도.
진주 잡이는 진주 캐러 물에 뛰어들고
상인들은 배타고 항해하는데
아이들은 조약돌을 모으고 다시 흐트립니다.
그들은 숨은 보물을 찾지 않고,
그물을 던져 고기잡이 할 줄도 모릅니다.

바다는 깔깔대고 소스라쳐 부서지고
기슭이 짓는 미소는 파리하게 빛납니다.
죽음을 거래하는 파도도
아가의 요람을 흔들 때의 엄마처럼
아이들에게 뜻모를 노래를 불러 줍니다.
이렇게 바다는 아이들과 놀고,
기슭이 짓는 미소는 파리하게 빛납니다.

끝없는 세계의
바닷가에 아이들이 모입니다.
길없는 하늘에 폭풍이 배회하고
배는 흔적없는 물살속에 파선하고
죽음은 도처에 널려 있어도
아이들은 놉니다.
끝없는 세계의 바닷가에
아이들의 위대한 모임이 있읍니다.

단

편 지

오랫동안 방황하던 내 눈을 이제는 되돌려 주

◇이 시는 작자(作者)인

사이다.
오! 그토록 오래 그대 위에 머물러 있던 내 눈을,
그러나 거기서 그대의 사악함을,
그대의 억지로 꾸미는 태도와 거짓된 정열을 배워
이젠 쓸모 없이 된 내 눈이거든 그대로 맡아두사이다.

나의 착한 마음을 이제는 그만 나에게 되돌려 주사이다.
그 어떤 못된 생각도 결코 더럽힐 수 없었던 이내 마음을,
그러나 사랑의 선언을 농담으로 받아 넘기고,
굳은 언약과 맹세를 저버리는 그대 마음이
내 마음에도 물들었으면,그대로 맡아두사이다.
그건 이제 내 마음이 아니랍니다.

하지만 역시 내 마음과 눈을 나에게 되돌려 주사이다.
그대의 거짓을 마음으로 알고 눈으로 볼 수 있도록
그리고 지금의 그대마냥 허황되고 거짓된 사나이로 하여
그대 고민하고 여위어갈 때,
내 웃고 즐겨야 하겠읍니다.

단(John Donne 1572~1631) 자신의 인생을 비유하여 노래한 작품이다. 영국에서 태어난 그는 청년기를 방종한 생활로 일관했으나 장년기에 이르러 순수한 생활로 되돌아왔다. 그의 시는 주로 생기가 넘쳐흐르고 대담하며 발랄하다. 초기에는 연애시와 풍자시, 그리고 소네트를 주로 썼으나 후기에 이르러서는 비교적 난해한 종교시를 많이 썼다.

누구를 위하여 종은 울리나

어느 사람이든지 그 자체로써 온전한 섬은 아닐지니, 모든 인간이란 대륙의 한 조각이며

◇이 시는 단이 후기에 쓴 기도문이다. 그는 청년기의

또한 대양(大洋)의 한 부분이어라. 만일에 흙덩어리가 바닷물에 씻겨 내려가게 될지면, 유럽 땅은 또 그만큼 작아질지며, 만일에 모랫벌이 그렇게 되더라도 마찬가지며, 그대의 친구들이나 그대 자신의 영지(領地)가 그렇게 되어도 마찬가지어라. 어느 누구의 죽음이라 할지라도 나를 감소시키나니, 나란 인류 속에 포함되어 있는 존재이기 때문이라. 누구를 위하여 종은 울리나—이를 위하여 사람을 보내지는 말지라. 종은 바로 그대를 위하여 울리기에.

〈기도문〉 중에서

방종한 생활을 청산하고 장년기에 이르러서는 국교(國教)에 귀의하여 성(聖) 포올사원의 부감독까지 되었다. 그때부터 그는 연애시와 풍자시로부터 벗어나 종교시를 쓰기 시작하였다. 이 시는 그 무렵에 쓰여진 것이다.

화창한 아침

우리 사랑 맺어지던 그때까지 그대와 난 진정
 무얼하고 있었읍니까?
그때까진 젖도 안떨어진 어린애마냥,
촌스러운 쾌락이나 빨고, 아니면
일곱성도의 동굴에서 코나 골고 있었나요?
정녕 그랬을 겁니다. 이 기쁨외의 모든 기쁨은
 환상이었고,
설혹 내가 어떤 미인을 보고, 욕망으로, 차지
 했다 해도
그건 오직 그대의 환영이었을 뿐입니다.

지금은 새 아침이 우리 깨어나는
영혼위에 화창하고,
우리 서로 대할 때 두려움도 가셨읍니다.
진정한 사랑은 일체의 다른 사랑을 통어하고,
한칸 작은 방을 우주로 확장해 준답니다.

◇이 시는 단이 청년기에 쓴 연애시이다. 그는 항상 정열적이고 뜨거운 목소리로 노래한다. 강한 의지가 번쩍이면서, 아울러 풍자성도 배제시키지 않는 것이 그의 시풍(詩風)이다.

해외 탐험가들에겐 신세계를 찾아나서게 하고
또다른 사람에겐 지도를 주어 이 세계 저 세계를 찾아가게 합시다.
그대와 나는 하나의 세계
하나하나가 합쳐서 하나되는
하나의 세계를 가지도록 합시다.

내 얼굴은 그대 눈동자속에, 그대 얼굴은 내 눈동자 속에 어려있고,
참되고 순박한 마음들이 두 얼굴에 깃드니
매서운 북방도 해 떨어지는 서쪽도 없는 그대와 나보다
더 좋은 두개의 반구(半球)를 그 어디서 찾아볼 수 있으리까,
화장(死葬)하는 것은 무엇이건
그 혼합이 고르지 못한 것,
만일 우리의 사랑 두개가 하나되고
또 그대와 내가 똑같이만 사랑한다면
그 무엇도 풀어짐이 없고, 소멸되지도 않을 겁니다.

밀 턴

실락원

인류 최초의 불순종, 그리고 금단의 나무열매여,
그 너무나 기막힌 맛으로 해서
죽음과 더불어 온갖 슬픈 이 땅에 오게 하였나니

◇이 시는 밀턴(John Milton 1608~1678)의 대표작이다. 영국 청교도 진영의 투사로서 한 때는 정치논쟁에도 개입하였으며, 혁명 후에는 크롬웰의 비서관이 되기도 했다. 이 시는 왕정복고

후 그가 실명(失明) 하고 아내까지 잃게 됨에 따라 오직 시작(詩作)에만 전념하면서 쓴 대작(大作)이다.

에덴을 잃자 이윽고 더욱 거룩한 한 어른있어
우리를 돌이켜 주시고 또한 복된 자리를
다시금 찾게끔 하여 주셨나니
하늘에 있는 뮤즈여 노래하라.
그대 호렙산이나 시내산 은밀한 정상에서
저 목자의 영혼을 일깨우시어
선민에게 처음으로 태초에 천지가
혼돈으로부터 어떻게 생겨났는가를
가르쳐 주시지 않으셨나이까.
아니, 또한 시온 언덕이 그리고 또한
성전 아주 가까이 흘러 내리고 있는
실로암 시냇물이 당신 마음에 드셨다면
이 몸 또한 당신에게 간청하오니
내 모험의 노래를 북돋아 주소서,
이오니아 산을 넘어서 높이 더 높이
날고자 하는 이 노래이니
이는 일찌기 노래에서나 또 글에서나 아직
누구나 감히 뜻하여 본 일조차 없는 바를 모색함이라.
그리고 누구보다도 그대 아 성령이여,
어느 궁전보다 앞서
깨끗하고 곧은 마음씨를 좋아하셨으매, 당신이여
지시하시라, 당신을 알고 계시지 않으시나이까.
처음부터 당신은 임석하시어 거창한 날개를 펴고
비둘기와 같이 넓은 심연을 덮고 앉으사
이를 품어 태어나게 하셨나이다. 내게 날개편 어두움을

밝히소서, 낮은 것을 높이고 또 받들어 주소
서,
이는 내 시의 대주제의 높이에까지
영원한 섭리를 밝히고자 함이요, 또한
뭇사람에게 하느님의 도리를 옳게 전하고자
함이라. ——〈서시〉에서——

실명(失明)의 노래

이 어둡고 넓은 세계에서 半生도 못살았거늘
내 눈에서 빛이 다 꺼진 것을 생각하면,
그리고 또한 숨겨두면 사그라지는 한 가지 재
능이,
그것으로써 이 몸을 창조하신 하나님을 섬겨
그분이 돌아오셔 꾸지람 없도록
나의 진가를 드러내 보이고자 마음을 쏟았지
만,
아직도 그 재능 쓰이지 않은 채 파묻혀 있음을
생각할 때
"신께선 빛을 허락하지 않으시고도
낮일을 명하시나이까?"
하고, 나는 어리석게 묻는다.
그러나 「인내」는 이같은 불평일랑 가로막고,
곧 대답을 주니— 「신」은 인간의 작업이나
공물(貢物)을 원하지 않으신다. 그 분의
가벼운 멍에를 최고로 견디는 자가 그 분을최
고로 섬기느니라.
그 분의 위엄은 제왕과 같은 것.
만인은 그 분의 명을 따라 달리고
대지와 바다를 넘어 쉼도 없이 가느니라.

◇이 시 역시 〈실락원〉 과 거의 같은 시기인 1660년대 후반에 쓰여진 작품이다. 밀턴의 시는 사상의 심원함과 구성의 웅대함, 그리고 장엄한 운율의 특징으로써 영국 르네상스 최후의 명시(名詩)로 평가받는다.

다만 말없이 서서 명을 기다리는 자가 또한
신을 섬기는 자 이니라.

커밍즈

내가 아직 가 본 일 없는 곳에서

◇미국의 시인 커밍즈(Edward Estlin Commings1894~1962)는 거트루드스타인과 함께 1차대전 후의 쌍봉으로 등장하였다. 그는 대체적으로 영어의 구문법을 해체하여 외국어처럼 시를 썼다. 커밍즈의 시세계는 항상 단순한 서정 속에 온화한 미적(美的) 힘을 불어넣고 있다.

내가 아직 가 본 일 없는 어느 멋진 곳에서
경험을 초월한 거기서 그대 눈은 침묵을 지킨다.
그대의 귀여운 동작에는 나를 감싸는 것이 있고
그보다도 너무 가까와 내가 손 닿지 못함이 있으니

그대의 가냘픈 눈짓도 나를 나른케 만들고
아무리 손가락처럼 자기를 폐쇄하고 있어도
마치 봄이 교묘히 닿아서 이상하게 이른
장미를 열게 하듯이
한 개 한 개 나를 열게 하는 것이다.

그보다도 그대의 바람이 나를 닫는 것이라면
나뿐 아니라 내 인생도 아름답게 갑자기 닫히리니
마치 꽃가루가 주위에 살며시 내리는
저 눈을 느낄 수 있음과 같이

이 세계에서 볼 수 있는 그 어떤 것도
그대의 거센 약함의 힘을 이길 수가 없나니
그 느낌은 아름다운 전원 빛깔로 내 마음을 붙

잡고
숨쉴 때마다 죽음과 영원을 교대로 주며

(그대의 감았다 떴다 하는 것이 무엇인지 모르나
내 마음의 무엇인가를 알고 있는
그대 눈의 소리가 모든 장미보다 깊음을)
그 무엇이나 비조차도 이런 예쁜 손은 아니다.

파운드

부도덕

사랑과 게으름을 노래하느니
그밖에 가질 것은 없느니라.

내 비록 여러 나라에 살아봤지만,
사는 데 다른 것은 없느니라

장미꽃 잎은 슬픔에도 사든다지만
나는 애인이나 차지하겠노라.

만인이 믿지 못할 위대한 짓을
항아리 같은 데서 하기보다는.

◇이 시는 파운드(Ezra Pound Loomis 1885~1973)의 대표작 중의 한 편이다. 미국에서 태어난 파운드는 어린 시절부터 영국으로 건너가 신시운동의 앞장을 섰다. 그의 시풍은 주로 엘리어트 등의 젊은 시인들에게 많은 영향을 끼쳤다.

소 녀

나무가 내 손으로 들어오니
수액(樹液)이 내 팔로 올라오고
나무가 내 가슴속에서 아래쪽으로 자라니

◇소녀를 통하여 자연과 온갖 사물에 대한 진실을 통찰하고 있는 이 시 역시 파운드의 대표작 중의 한 편이다.

가지들이 나에게서 뻗어 나온다, 나의 팔처럼.

너는 나무.
너는 이끼.
너는 바람이 머리 위를 스치는 오랑캐꽃.
한 어린이——높이 솟은——너는.
하거늘 세상은 이 모두가 어리석다 하노라.

릴케

사랑 속에서

봄 속에서인지 꿈 속에서인지
당신은 언젠가 만난 일이 있읍니다.
하지만 지금 당신과 나와는 가을 속을 걸어 가고 있읍니다.
당신은 내손을 잡고……그리고 당신은우십니다.

당신이 우는 것은 하늘로 뛰어 가는 구름탓일까요?
그렇지 않으면 선지피 빛깔같은 붉은 나무잎새 때문일까요?
나는 알 것 같습니다——그것은 일찌기 당신이 행복했기 때문
봄 속에서인지, 꿈 속에서인지 분명치 않은속에서——

◇독일이 낳은 서정시의 대문호 릴케(ReinerMariaRilke 1875~1926)는 감상적인 작품을 주로 썼으며, 그의 시풍은 독일 뿐만 아니라 전 세계 독자에게 지대한 영향을 미쳤다. 그는 항상 꿈결에서 듣는 듯한 감미로운 목소리로 노래한다.

사랑의 노래

그대의 넋을 건드리지 않으려면
어찌 내 넋을 간직하리까.
그대를 넘어 다른 것에로 그것을 돌릴 수 있읍니까?
오, 그의 암흑 속에 잃어진 것 그 어느곁에서
그대의 마음이 울리고 있어도 흔들리지 않는
낯설고 고요한 곳에
나의 넋을 드리고 싶읍니다.
허나 우리들, 그대와 나를 건드리는 모든 것을,
두 줄의 현에서 한 음을 자아내는
바이올린의 활처럼 우리를 한데 사로잡아 주셔요.
어느 악기 위에 우리는 매어 있읍니까?
어느 연주자가 우리를 손해 쥐고 있는 것입니까?
오, 달콤한 노래여.

◇이 시는 릴케가 그 자신의 애정관을 노래한 작품이다.

가 을 날

주여, 때가 되었읍니다. 여름은 아주 위대했읍니다.
당신의 그림자를 해시계 위에 놓으시고
벌판에 바람을 놓아주소서.

마지막 과일들을 결실토록 명하시고,
그것들에게 또한 보다 따뜻한 이틀을 주시옵소서.
그것들을 완성으로 몰아가시어
강한 포도주에 마지막 감미를 넣으시옵소서.

◇이 시만큼 전 세계적으로 많이 애송된 작품도 드물 것이다. 릴케의 대표작 중의 한 편이다.

지금 집없는 자는 어떤 집도 짓지 않습니다.
지금 외로운 자는, 오랫동안 외로이 머무를 것입니다.
잠 못 이루어, 독서하고 긴 편지를 쓸 것입니다.
그리고 잎이 지면 가로수 길을
불안스레 이곳저곳 헤맬 것입니다.

오오 주여, 어느 사람에게나

오오 주여, 어느 사람에게나 그 사람 자신의 죽음을 주십시오.
죽음, 그것은 그가 사랑을 알고, 의미와 위기가 부여되어 있던
저 생 가운데서 나오는 것입니다.

왜냐하면 우리들은 과일의 껍질과 나뭇잎에 지나지 않기 때문입니다.
그 누구나 내부에 품고 있는 위대한 죽음
그 누구나가 모든 중심인 과일 바로 그것인 것입니다.

이 과일을 위하여 소녀들은 나무와 같이
하나의 거문고 속에서 나타나 나오고
소년들은 그녀를 간구하여 어른이 되기를 바라고 있으며,
그리고 여자들은 성장되고 있는 사람들에게 있어서 그 밖의
그 누구에게도 인수되지 않는 불안에 익숙하게 되어 있는 사람들인 것입니다.

◇ 릴케의 시는 항상 서정적이면서도 신앙적인 자아의식으로 넘쳐 흐른다. 그것은 그가 한 평생을 진실한 생의 반려로 생각해온 시작(詩作)에 대한 뜨거운 집념의 결집인 것이다.

이 과일을 위하여 한번 본 것이, 설령 그것이 이미
지나가 버렸다고 하더라도 영원한 것인 양 남아 있습니다.
그리고 무엇인가를 만들고, 무엇인가를 조립하고 있는 누구인가가
그 과일을 싸는 세계가 되고, 그리고 얼고 또한 녹아서
그리고 그것에 바람이 되어 불고, 햇빛이 되어 비쳤던 것입니다.
이 과일 속에 마음의 모든 열과
두뇌의 백열이 들어가 자리잡게 된 것입니다—
그러나 당신의 천사들은 새떼처럼 날아와
이 과일이 전부 아직 익지 않았음을 알게 된
것입니다.

울란트

먼 마을에서

◇이 시는 슈봐벤 시파(詩派)인 울란트(Ludwing Uhland 1787~1862)의 대표작이다.

여기 나무 그늘에 앉아
새들의 노래를 듣고 있으면
그 노래가 가슴에 깊이 스민다.
아—아 우리의 사랑을 너도 아는가
이렇게 멀고 먼 마을에서

여기 시냇가에 앉아
바라보는 꽃 냄새의 향기로움이여!
이 향기를 뉘라서 보내었느뇨?

멀고 먼 고향의 그 사람이
마음을 함뿍 담아 보내었을까

마블

수줍은 연인에게

우리에게 충분한 세계와 시간만 있다면
연인이여, 이 수줍음이 죄가 되지는 아니 하리다.
우리는 마냥 주저 앉아 갈길을 생각하면서
우리들의 기나긴 사랑의 날을 보낼겁니다.
그대는 인도의 간지스강가에서
홍옥(紅玉)을 찾고, 나는 험버강가에서
사랑의 하소연이나 되뇌어 보면서,
나는 노아의 홍수 10년전부터 그대를 사랑하고
그대, 원하신다면, 유대 사람들이 개종(改宗)하는
그날이 올때까지 계속 거절해도 무방합니다.
나의 식물처럼 자라나는 사랑은 제국보다
더 커지고, 더욱 느리게 자랄겁니다.
그대의 눈을 찬양하고, 이마를 바라보기에 백 년,
젖 가슴을 하나씩 연모하기 2백년,
그러나 그 나머지 부분엔 3만년을,
한 부분에 적어도 한 시대씩 바치리라.
그러면 최후의 시대엔 그대 마음을 볼 수 있겠지요.
연인이여, 그대는 이같은 위엄을 받을만한 분이시며,
나는 이보다 낮게는 그대를 사랑할 수 없답니

◇이 시의 작가(作者)인 마블(Andrew Marvell 1621 ~1678)은 영국시인으로 그의 명성은 밀턴과 필적할 만하다. 그는 주로 서정시를 썼으며, 이 작품도 그의 서정적이면서도 전원적인 시풍을 잘 드러내어 보여주고 있는 시이다.

다.

그러나 나는 항시 내 등뒤에 울리는 소리를듣
습니다.
시간의 날개 돋친 전차 가까이 달려 오는것을,
그리고 저기 우리 앞에 펼쳐져 있는 것은
광막한 영원의 사막입니다.
그대의 아름다움도 저기선 찾을 길 없고,
그대의 대리석 무덤속에선 나의 메아리치는 노
래인들 들릴리 없고,
그땐 벌레들이 오래오래 고이 비장했던 처녀
를 범하고,
그대의 별스러운 곧은 마음도 흙으로 돌아가고,
내 정력 또한 재되고 말겁니다.
무덤이란 훌륭하고 은밀한 곳이기는 하겠지만
내 생각엔 그 속에서는 아무도 포옹해 주는 이
가 없을겁니다.

그러니, 지금 그대 살결에 젊은 빛이
아침 이슬처럼 반짝이는 동안,
그리고 그대의 끓어 오르는 의욕이
전신의 기공(氣孔) 모두를 통해
당장에 불길일듯 솟구치고 있는 동안,
자, 우리 즐길 수 있는 동안에 함께 즐깁시다.
그리고 이제 사랑에 굶주린 맹수처럼
당장 우리의 「시간」을 삼켜버립시다.
천천히 우리를 씹는 시간의 힘에 시들기보다.
우리의 힘과 우리의 모든 단물을
몽땅 빚어 하나의 공으로 뭉치고
사납게 싸워 인생의 철문사이로

우리의 쾌락을 쟁취합시다.
그러면, 우리는 우리의 태양을 멈추게는 못해도
그 태양을 달리게는 할 수 있을겁니다.

괴테

첫 사 랑

아——누가 그 아름다운 날을 가져다 줄 것이냐,
저 첫사랑의 날을.
아——누가 그 아름다운 때를 돌려 줄 것이냐,
저 사랑스러운 때를.

쓸쓸히 나는 이 상처를 기르고 있다.
끊임없이 새로와지는 한탄과 더불어
잃어버린 행복을 슬퍼한다.

아——누가 그 아름다운 날을 가져다 줄 것이냐!
그 즐거운 때를.

◇이 시는 독일 최대의 문호 괴테(Johann Wolfgang von Goethe 1749~1832)의 대표작 중의 한 편이다. 그의 시는 주로 전인적(全人的)인 창조력에 그 바탕을 두고 있다.

충 고

너는 자꾸 멀리만 가려느냐
보아라 좋은거란 가까이 있다.

다만 네가 잡을 줄만 알면

◇이 시 역시 괴테의 대표작 중의 한편이다. 괴테는 항상 쉽고 간결하면서도 부드러운 율감(律感) 속에 그의 심원한 사상을 연결시

행복은 언제나 거기 있나니.

킴으로써 더 한층 시를 빛내고 있다.

3월

눈은 훨훨 떨어져 온다.
아직 기다리는 때는 오지 않는다.
가지 가지 꽃들이 피어나면은
가지 가지 꽃들이 피어나면은
둘이는 얼마나 즐겁겠는가.

따스하게 내리는 저 햇볕도
역시 거짓말장이였구나.
제비까지 거짓말을 한다.
제비까지 거짓말을 한다.
저 혼자서만 오지 않는가.

아무리 봄이 왔다고는 해도
혼자서 무엇이 즐겁겠는가?
그러나 둘이가 결혼할 때는
그러나 둘이가 결혼할 때는
어느새 벌써 여름이 되어 있다.

◇이 시는 계절의 불일치감을 노래한 작품이다. 3월이 되어도 눈은 내리고, 햇볕이 따스하게 내리쬐어도 날씨는 아직 차가와 들판은 꽃을 피우지 못하고 있다. 새로운 생명의 발아를 허락하지 못하는 3월(봄)은 어딘지 모르게 나약하고 미덥지 못한 계절이다. 괴테는 이러한 자연의 현상을 날카롭게 직시하여 부드러운 언어의 연단으로 승화시킨 것이다.

프로메테우스

제우스여, 그대의 하늘을
구름의 너울로 덮어라!
그리고 엉겅퀴의 목을 치는
어린이처럼

◇이 시 역시 괴테의 대표작 중의 한편이다. 괴테는 항상 심미주의적인 문학론에 입각하여 조형적이면서도 비개인성이 뛰어난 작품을 많

이 썼다.

참나무나 산정들과 힘을 겨뤄라!
그러나 나의 대지여,
그대가 짓지 않은,
나의 집이며,
불길 때문에 그대가
나를 질투하는
나의 화덕을
그대는 나에게 남겨둬야 한다.

나는 태양아래에서
신들인 그대들조차 가엾은 자를 알지 못한다.
그대들은 겨우
제물과
기도의 숨결로 살아간다.
전하들이여
그리고 만일
어린이들과 걸인들이
희망에 부푼 바보들이 아니었던들
그대들은 굶어 죽었을 것을.

내가 어린이였고,
들고 날 곳을 몰랐을 때에,
나의 방황하던 시선은
태양을 향했었다. 마치 저 하늘에,
나의 탄식을 들어 줄 귀가 있고,
압박하는 자를 불쌍히 여기는
나의 마음과 같은 마음이 있다는 듯이.

그러나 누가 거인족의 오만에 대해서
나를 도왔으며,

누가 죽음과
노예상태에서 나를 구했던가?
거룩하게 불타는 마음이여,
그대가 이 모든 것을 만들지 않았던가?
그리고 젊고 선량한데도,
기만당하고도, 구원에 감사하며
천상에서 잠든 자를 열애하지 않았던가?

내가 그대를 존경하라고? 왜?
그대는 이전에 한 번이라도
짐을 진 자들의 고통을 덜어 준 일이 있는가?
그대는 이전에 한 번이라도
겁먹은 자들의 눈물을 씻어 준 일이 있는가?

나의 주이며, 그대의 주인
만능의 시간과
영원한 운명이
나를 사나이로 단련하지 않았던가?

소년의 꽃 같은 아침의 꿈이 모두
성숙하지 않는다고 해서,
내가 삶을 증오하고,
황야로 도주해야 한다고
그대는 환상하는가?

나는 여기에 앉아, 나의 모습에 따라,
인간들을 형성한다.
슬퍼하고, 울며,
향락하고 즐기며,
나와 같이

그대를 존경하지 않는
나를 닮은 족속을.

이 별

입으로 차마 이별의 인사 못해
눈물어린 눈짓으로 떠난다.
북받쳐 오르는 이별의 서러움
그래도 사내라고 뽐냈지만

그대 사랑의 선물마저
이제는 나의 서러움일뿐
차갑기만 한 그대 입맞춤,
이제 내미는 힘없는 그대의 손.

살며시 훔친 그대의 입술
아 지난 날은 얼마나 황홀했던가
들에 핀 제비꽃을 따면서
우리들은 얼마나 즐거웠던가

하지만 이제는 그대를 위해
꽃다발도 장미꽃도 꺾을 수 없소
봄은 있건만 내게는
가을인듯 쓸쓸하기만 하다.

◇남녀간의 뜨거운 애정이 적나라하게 표출된 시이다. 사랑하는 사람과의 헤어짐은 웬지 모르게 허전함을 동반해 온다. 이 시는 그러한 인간의 공허한 내면성을 노래한 작품이다.

어느 소녀가 부른

산골짝 위 여름의 하늘을

◇괴테의 시가 모두 그렇듯

이 이 작품 역시 서정적이면서도 전원적인 시이다.

고요히 햇덩이가 건너갑니다.
아아 아침마다 그것을 쳐다보면
당신과 같은 슬픔이
가슴 속에서
솟아납니다.

밤에도 안식은 없습니다.
꿈조차 언제나
안타까운 모습으로 찾아 옵니다.
그 슬픔을 이기지 못해
가슴 한 구석에
남 모르는 환영이 자랍니다.

몇해를 두고 몇해를 두고
나는 배가 오가는 것을 보고 있읍니다.
어느 배든 즐거운 갈 길이 있건만
아아 그칠 줄 모르는 나의 슬픔은
가슴에 엉켜
흘러 가버리지 않습니다.

여느때는 장농에 간직해 뒀던
새옷을 갈아 입고 나가봅니다.
오늘은 명절날이에요.
누가 아리까
서러움에 가슴도 마음도
산산히 부서져 있는 것을.

울 때엔 숨어서 울지 않으면 안됩니다.
그러나 남들에겐 웃는 낯으로 대하지요.
거기에다 내색도 좋게 태연스러이

아아 이 슬픔이
가슴을 에는 칼이라면
나의 목숨 벌써 끊어졌을 걸

클롭스토크

봄의 축제

세계의 모든 대양 속으로
나는 뛰어들지 않으리라. 첫번째 피조차들이
광명의 아들들의 환희의 합창을 찬송하는, 높이 찬송하는 곳 근방을
떠돌면서 기쁨에 겨워 죽어가지 않으리라!

다만 두레박 주위의 물방울을,
다만 지구를, 나는 떠돌며 찬미하리라!
할렐루야! 할렐루야! 두레박 주위의 물방울도
하느님의 손에서 흘러나왔거늘!

하느님의 손에서
보다 큰 지구들이 솟아난 까닭에!
광선의 흐름은 출렁거렸고, 프레야드 성좌들은 형성되었다.
그때에 물방울이여, 그대는 하느님의 손에서 흘러내렸다!

물방울들에 거주하던, 수천에 수천을 곱한 사람들,
그 수억의 사람들,

◇이 시는 독일 근대시의 아버지로 불리우는 클롭스토크(Friedrich Gottlieb Klopstock 1724~1803)의 대표작이다. 그는 시작(詩作)을 통해 독일어의 특징을 살리고자 노력하였다. 자유 운율의 시풍(詩風)을 정립하여 괴테 등에게 지대한 영향을 끼쳤다.

그들은 누구이며, 나는 누구인가? 창조하는
자여 할렐루야! 그는 솟아나는 지구들보다
낫고,
광선으로 뭉쳐진 프레야드 성좌보다도 낫다.

녹색 낀 황금빛을 하고 나의 옆에서 노는
그대 봄의 곤충이여,
그대는 살아 있다. 그리고 그대는 아마
아! 영생을 하지는 못하리라!

나는 찬미하러 나갔는데
내가 눈물을 흘리다니? 용서하라, 용서하라,
이 눈물도 유일한 자를 위한 것이리,
오, 당신은 당신은 존재하리라!

당신은 저의 모든 의혹을 풀어 주시리라.
오, 당신은 죽음의 어두운 골짜기를 지나
저를 인도 하시리라, 그때면
저는 그 황금빛 곤충이 영혼을 가졌는지 알리
라.

네가 비록 형상화된 먼지요
5월의 산물이라고 하고
또다시 날아가는 먼지가 될지라도
영원한 이가 원하는 대로 되라!

또다시 눈물지누나, 나의 눈으로!
기쁨의 눈물을!
그대, 나의 거문고여
주님을 찬송하라!

또다시 종려수로 나의 거문고는 장식되었고,
나는 주님을 위해 노래한다!
여기 나는 있다. 나의 주위의
모든 것은 만능이요 경이이다!

깊은 경외감으로 나는 창조주를 본다.
당신께서
이름없는 자, 당신께서
그것을 창조하신 까닭에!

나를 에워싸고 불어오며, 포근한 냉기를
나의 달아오른 얼굴에 불어 주는 바람,
그대들, 놀라운 비바람들도
무한한 분인, 주님이 보내신 것!

그러나 이제 바람은 잔다. 거의 숨소리도내지
않고.
아침 햇살이 무더워진다!
구름이 흐르며 피어오른다!
영원한 이가 오는 것을 볼 수 있다!

이제 바람은 나부끼고 설렁이며 소용돌이친다!
숲은 얼마나 몸을 굽히며, 물결은 또한 높게
이는가!
인간이 그런 것처럼 볼 수 있게,
당신이 보입니다, 무한한 이여!

숲은 몸을 굽히고 물결은 도주한다.
나는 얼굴을 땅에 대지 않는가?
인자하고 자비로운 주여! 신이시여!

가까이 계신 당신이여! 저를 긍휼히 여기소서!

주여! 밤이 당신의 의복인 까닭에
잔노하셨나이까?
이 밤은 대지의 축복이오니
아버지시여, 노여움을 거두시옵소서!

밤은 성장하는 풀줄기 위에
신선함을 뿌려 주러 왔나이다!
즐거움을 주는 포도 위에도!
아버지시여, 노여움을 거두시옵소서!

가까이 있는 분인 당신이시여, 모든 것은 당
신 앞에서 침묵하나이다.
주위의 모든 것은 조용합니다.
금빛으로 뒤덮인 벌레도 보살피소서!
그것도 영혼이 있고, 죽지 않는다고 할 수 있
겠지요?

주여, 제가 갈구하는 대로 당신을 찬송할수있
었으면 좋으련만!
점점 더 찬란하게 당신은 저에게 나타나십니다!
당신 주위의 밤은 더욱더 어두워지며,
더욱더 축복으로 가득해 집니다.

당신들은 가까이 계신 분의 증거인 번뜩이는
광선을 봅니까?
당신들은 여호와의 천둥소리를 듣습니까?
당신들은 그것을 듣습니까, 듣습니까,
주님의 진동하는 천둥소리를?

주여, 주여, 하느님이시여!
자비로우시며, 긍휼하옵소서!
당신의 찬연한 이름이
기도되고 찬송받게 하소서!

그런데 저 비바람은? 그것은 천둥을 수반한
다!
비바람은 얼마나 설렁거리는가! 얼마나 굽이
치며 숲을 휩쓰는가!
그런데 이제 비바람도 잔다. 천천히
검은 구름은 흘러간다.

그대들은 그 가까이 계신 분의 증거인 날아
가는 광선을 보는가?
그대들은 저 위 구름 속에 주님의 천둥소리를
듣는가?
천둥은 여호와, 여호와를 외치고 있다!
그리고 울창한 숲에 김이 서린다!

그러나 우리들의 주거들은 그렇지 않다!
우리의 주님께선
자신의 형리에게 명하셨다.
우리들의 주거들을 지나갈 것을!

아! 벌써, 벌써 하늘과 땅은
자비로운 비에 설렁거리고 있다!
그 어둡던 대지도 이제 활기를 띤다!
풍성한 축복의 하늘이 짐을 푼다!

보라! 이제 여호와께선 폭풍우 속에서가 아니

라
조용하고 포근한 설레임 속에서
여호와께서 오시고 있다.
그분 아래서 평화의 무지개는 몸을 굽힌다!

휘트먼

풀 잎

한 아이가 두 손에 잔뜩 풀을 들고서 "풀은무엇인가요?"하고 내게 묻는다.
내 어찌 그 물음에 대답할 수 있겠는가, 나도 그 아이처럼 그것이 무엇인지 알 수 없는 것이다.
나는 그것이 필연코 희망의 푸른 천으로 짜여진 내 천성의 깃발일 것이라고 생각한다.
아니면, 그것은 주님의 손수건이다, 하느님이 일부러 떨어뜨린 향기로운 기념품일 터이고,
소유자의 이름이 어느 구석에 적혀 있어, 우리가 보고서 "누구의 것"이라 알 수 있는 것이다.
또한 나늑 추측하노니—풀은 그 자체가 어린아이, 식물에서 나온 어린아이일지 모른다.
또한 그것은 모양이 한결같은 상형문자일테고
그것은 넓은 지역에서나 좁은 지역에서도싹트고,
흑인과 백인, 캐나다인, 버지니아인, 국회의원, 검둥이, 나는 그들에게 그것을 주고 또한 받는다.
또한 그것은 무덤에 돋아 있는 깎지 않은 아

◇미국의 농촌에서 태어나 유년기에 이르러 뉴욕으로 나온 휘트먼(Walt Whitman 1819~1892)은 그 곳에서 초등교육을 받은 후 급사와 식자공, 교원, 기자생활 등을 차례로 겪으면서 시인(詩人)으로서의 꿈을 불태운다. 그는 항상 하급 계층의 희망을 대담하고 솔직하게 노래하는 진실한 시인으로서 성장하였다. 그는 끊임없는 집념과 노력 끝에 결국은 사랑과 자유와 평등과 해방의 시인으로서 추앙을 받기에 이르른다. 이 시 역시 그의 서민지향적인 시풍이 잘 드러나 있는 작품이다.

름다운 머리털이라고 생각하기도 한다.
너 부드러운 풀이여, 나 너를 고이 다루나니
너는 젊은이의 가슴에서 싹트는지도 모를일
이요.
내 만일 그들을 미리 알았더라면, 나는그들을
사랑했었을지도 알 수 없는 일이다.
어쩌면 너는 노인들이나, 생후에 곧 어머니의
무릎에서 떼낸 갓난아이에게서 나오는지도
모르는 것,
자, 그리고 여기에 그 어머니의 무릎이 있다.
이 풀은 늙은 어머니들의 흰 머리로부터 나온
것 치고는 너무나도 검으니,
노인의 빛바랜 수염보다도 검고, 연분홍 입천
장에서 나온 것으로 치더라도 너무나 검다.
아, 나는 결국 그 숱한 발언들을 이해하나니,
그 발언들이 아무런 뜻 없이 입천장에서 나오
지는 않는다는 사실을 또한 알고 있는 것이
다.
젊어서 죽은 남녀에 관한 암시를 풀어낼 수있
었으면 좋겠다고 생각하며, 그것뿐만 아니라,
노인들과 어머니와 그리고 그들의 무릎에서떼
어 낸 갓난아이들에 관한 암시도 풀어냈으
면 싶다.
그 젊은이와 늙은이가 어떻게 되었다생각하며
여자들과 어린아이들이 어떻게 되었다 생각
하는가.
그들은 어딘가에 살아 잘 지내고 있을 터이고,
아무리 작은 싹이라도 그것은 진정 죽음이란
존재하지 않음을 표시해 주고 있는 것일지
니,

만일에 죽음이 있다면 그것은 삶을 추진하는 것이지 종점에서 기다렸다가 삶을 붙잡는 것은 아니다.
만물은 전진하고 밖으로 전진할 뿐 죽는 것은 없고, 죽음은 사람들의 상상과는 달리 행복한 것이다.

낯 모르는 사람에게

◇이 시에도 역시 휘트먼의 시풍이 잘 드러나 있다. 그는 항상 민중적인, 그러면서도 인도주의적인 작품을 쓰고자 노력하였다.

저기 가는 낯 모르는 사람이여! 내 이토록 그립게
당신을 바라보고 있음을 당신은 모릅니다.
당신은 내가 찾고 있던 그이, 혹은 내가 찾고 있던 그 여인, (꿈결에서처럼 그렇게만 생각 됩니다)
나는 그 어디선가 분명히 당신과 함께
희열에 찬 삶을 누렸읍니다.
우리가 유연하고, 정이 넘치고, 정숙하고, 성숙해서 서로를 스치고 지날 때
모든 것이 회상됩니다.
당신은 나와 함께 자랐고, 같은 또래의 소년이었고,
같은 또래의 소녀였답니다.
나는 당신과 침식을 같이했고, 당신의 몸은당신의 것만이 아닌것이 되고, 내 몸 또한 그러했읍니다.
당신은 지나가면서 당신의 눈, 얼굴, 고운 살의 기쁨을 내게 주었고,
당신은 그 대신 나의 턱수염, 나의 가슴, 나의

두손에서 기쁨을 얻었읍니다.
나는 당신에게 말을 걸어서는 안됩니다.
나 홀로 앉아 있거나 혹은 외로이 잠 못 이루
는 밤에 당신 생각을 해야합니다.
나는 기다려야 합니다. 당신을 다시 만나게
될것을 믿어마지 않습니다.
당신을 잃지 않도록 유의 하겠읍니다.

첫 민들레

겨울이 끝난 자리에서
소박하고 신선하게 아름다이 솟아나서,
유행, 사업, 정치 이 모든 인공품일랑 일찌기
없었든 양, 아랑곳 없이,
수풀 소북히 가린 양지 바른 모서리에 피어나
동트는 새벽처럼 순진하게, 금빛으로, 고요히
새봄의 첫 민들레는 이제 믿음직한 그 얼굴을
선보인다.

◇새봄에 피어난 첫민들레 꽃을 보고, 시인은 소박한 아름다움과 대자연의 믿음직스러운 순행(順行)을 예찬하고 있다.

샌드버그

안 개

작은 고양이의 걸음으로
안개는 온다.

조용히 앉아
항구와 도시를
허리 굽혀 바라본 뒤

◇샌드버그(Carl Sandburg 1878~1967)는 미국 일리노이주에서 태어나 노동자와 병사, 신문기자 등을 거쳐 신시(新詩) 운동에 참여하였다. 그의 시는 주로 활기에 찬 노동자층의 일상을 묘사하고 있다.

다시 일어나 걸음을 옮긴다.

포오

애너벨 리

오랜 오랜 옛날
바닷가 그 어느 왕국엔가
에너벨 리라 불리는
혹시 여러분도 아실지 모를
한 처녀가 살았답니다.
나를 사랑하고 내게 사랑받는 것 이왼
아무 딴 생각없는 소녀였답니다.

나는 어린애, 그녀도 어린애,
바닷가 이 왕국에 살았지.
그러나 나와 애너벨 리는
사랑 이상의 사랑으로 사랑했었지,
하늘나라 날개 돋친 천사까지도
탐내던 사랑을.

분명 그 때문이랍니다, 옛날
바닷가 이 왕국에
한 조각 구름에서 바람이 일어
나의 아름다운 에너벨 리를 싸늘히 얼게 한 것
은.
그리하여 그녀의 고귀한 집안 사람들이 와서
나로부터 그녀를 데려가
바닷가 이 왕국의
한 무덤 속에 가둬 버렸지요.

◇이 시는 포오(Edgar Allan Poe 1809～1849) 의 대표작이다. 단편 작가이며, 시인이며, 비평가이기도 한 포오는 어린 시절에 양친을 여의고 부유한 상인의 손에 의해 길러졌다. 그러나 그는 양부(養父)로부터 뛰쳐나와 스스로의 길을 걸었다. 그의 생애는 짧고 불행했지만 그의 작품은 혜성처럼 빛나는 주옥들이었다. 〈애너벨리〉도 그의 서정적이면서도 애상적인 시풍을 잘 드러내 주고 있는 작품이다.

우리들의 행복의 반도 못가진
하늘나라의 천사들이 끝내 샘을 냈답니다.
그렇지요, 분명 그 때문이죠.
(바닷가 이 왕국에선 누구나 다 알다시피)
밤 사이 구름에서 바람 일어나
내 애너벨 리를 얼려 죽인 것은 그 때문이지요.

우리보다 나이 많은 사람,
우리보다 훨씬 더 현명한 사람들의 사랑보다도
우리 사랑은 훨씬 더 강했읍니다.
위로는 하늘의 천사,
아래론 바다밑 악마들까지도
어여쁜 애너벨 리의 영혼으로부터
나의 영혼을 갈라 놓진 못했답니다.

달빛이 비칠 때면
아름다운 애너벨 리의 빛나는 눈동자를 나는
느낀답니다.
그러기에 이 한밤을 누워 봅니다.
나의 사랑, 나의 생명, 나의 신부 곁에 신부
거기 바닷가 그녀의 무덤 속,
파도 소리 우렁찬 바닷가 내 임의 무덤 속에

헬렌에게

헬렌이여, 그대의 아름다움은 마치도
옛 니케아의 돛배와 같구나,
향기로운 저 바다 위로 조용하게
나그넷길에 지친 피곤한 방랑자를
고국의 바닷가에 실어다 준 것처럼.

◇이 시 역시 포오의 대표작으로, 아름다움에 대한 우수를 노래하고 있다.

오랫동안 헤매던 거칠은 바다 위로
그대의 까만 머리와 고전적인 얼굴,
물의 요정 같은 자태는 나를 이끌었나니,
그리스의 영광으로
로마의 장엄스러움으로.

보라! 저 빛나는 창 모서리에
그대는 조각처럼 서 있나니,
손에는 마노 램프를 들었구나!
아, 성스러운 땅에서 온
사이키로다!

토머스

푸른 줄기로 꽃을 몰아내는 힘은

푸른 줄기 속 꽃을 몰아가는 힘이
푸른 내 나이 몰아가고, 나무 뿌리 망치는 힘은
나의 파괴자.
아연한 나는 무어라 이를 바를 모르노라. 허리 굽은 장미에게,
내 청춘도 꼭 같은 겨울 열기로 굽어진 것을.
바위 틈으로 물 몰아가는 힘이
붉은 내 피를 몰아가고, 입벌린 시냇물 말리는 힘이
내 피 굳혀 밀초 되게 하누나.
아연한 나는 무어라 이를 바를 모르노라, 내 핏줄들에게
산천에 꼭 같은 입이 빨고 있음을

◇토머스(Dylan Marlais Thomas 1914~1953) 는 영국 스원시에서 태어났다. 그의 시는 주로 삶과 죽음, 그리고 성(性)과 같은 추상 관념에 대한 그의 독특한 철학을 담고 있다.

웅덩이 물 휘젓는 손이
유사를 움직이고, 부는 바람 얽매는 손이
내 수의(壽衣) 돛폭을 끌어당긴다.
아연한 나는 무어라 이를 바를 모르노라, 목
  매달린 者에게,
그를 묻을 형리의 석회가 내 진흙으로 만들어진
  진 것을.

시간의 입술은 샘 머리에 붙어서 빨고,
사랑은 뚝뚝 떨어져 뭉친다. 그러나 흘린 피가
그녀의 상처를 달랠지니,
아연한 나는 무어라 이를 바를 모르노라. 기후
  따라 부는 바람에게
시간이 별들 주변에 천국을 새겨 놓은 것을

아연한 나는 무어라 이를 바를 모르노라. 애인
  의 무덤에게,
내 홑이불에도 꼭 같은 허리 굽은 벌레가 기어
  다니는 것을.

테니슨

추억의 노래

서 사(序詞)

I

하나님의 군센 아들, 불멸의 「사랑」이여,
우리는 당신의 얼굴을 뵈온 적은 없어도
믿음으로써, 오직 믿음으로써, 당신을 포옹하며
증거할 수 없는 곳에 믿음을 심읍시다.

◇이 시는 영국의 시인 테니슨(Alfred Tennyson 1809~1892)의 대표작이다. 브라우닝과 함께 빅토리아조(朝)를 대표하는 거장으로 알려져 있다. 지적인 교양과

인간적인 깊이 등이 그의 시를 한층 성공시키고 있다.

Ⅱ

광명과 그늘의 저 천체(天體)들은 모두 당신의 것.
당신은 사람과 짐승의 '생명'을 만드셨나이다.
당신은 죽음을 만드셨나이다. 보소서, 당신의 발은
당신이 만드신 두골위에 있나이다.

Ⅲ

당신은 우리들을 티끌속에 버리시지는 않으시리라.
당신은 사람을 만드셨으나, 사람은 그 까닭을 모르나이다.
그는 죽으려고 태어난 것이 아니라 생각하나이다.
그런데 당신은 그를 만드셨나이다. 당신은 정당하오이다.

Ⅳ

당신은 사람이시며 하나님 이신듯 합 니다.
가장 고귀하고 가장 신성한 인격이신, 당신
우리의 의지는 우리의 것이나 우리는 그 까닭을 모르나이다.
우리의 의지는 우리의 것이어도 당신의 뜻에 합당해야 하옵니다.

Ⅴ

우리들의 조그마한 이 세상은 영화를 누립니다.
이처럼 영화롭다가 그 존재를 그치나이다.
그것들은 모두 당신의 광명의 부서진 조각일 뿐,
그리하여 당신은, 오오 주여, 그것들보다 위대하오이다.

Ⅵ

우리는 오직 믿음을 가졌을 뿐, 그것이 무엇인지 알바 없읍니다.
지식은 눈에 보이는 것에 속한답니다.
그러나 지식 역시 당신에게서 온 것이니,
암흙속의 섬광(閃光), 빛을 키워 주옵소서.

Ⅶ

지식을 보다 더 보다 더 성장케 하여 주옵소서.
그러나 더욱 큰 존경의 念이 우리 마음속에 깃들게 하옵소서.
그리하여 마음과 영혼이 잘 어울리어,
전과 같이 하나의 음악이 되도록 하여 주소서.

Ⅷ

아니, 보다 더 크나 큰 것이 되게 하옵소서.
우리들은 어리석고 약하오이다.
우리들은 두려움을 잊을 때엔 당신을 모멸(侮蔑)하나이다.
그러나 당신의 어리석은 백성들을 돕고,
당신의 허황된 세계를 도와
당신의 광명을 지니게 하소서.

Ⅸ

내 마음속에 죄로 보이는 것을 용서하소서.
대개 공적은 사람과 사람 사이에 존재할 뿐,
사람과 당신 사이엔, 오오 주여, 존재치 않나이다.

Ⅹ

떠나간 자를 위한 나의 슬픔을 용서 하소서,
그는 당신이 지으신것, 그처럼 훌륭하던 그이.
나는 그가 당신 안에 삶을 믿나이다. 또한 거기서

나는 그가 좀더 사랑 받을 만함을 아나이다.

XI

이 거칠게 헤매는 부르짖음을 용서하소서,
헛되이 보낸 청춘의 이 어지러운 소리를.
이 소리가 진리에 어긋나거든 용서하소서,
그리하여 당신의 지혜로써 나를 지혜롭게
하여주소서.

눈물이, 덧없는 눈물이

눈물이, 덧없는 눈물이, 까닭도 모를 눈물이,
그 어느 성스런 절망의 심연에서
가슴에 치밀고 솟아 올라 눈에 고인다.
복된 가을 들판 바라보며
가버린 나날을 추억할 때에,

생생하기는 수평선 위로 우리 친구를 실어 올리는 돛폭에
반짝거리는 첫 햇살같고,
구슬프기는 수평선 아래로 우리 사랑 모두 싣고 잠기는 돛폭을
붉게 물들이는 마지막 햇살같은,
그렇게 구슬프고, 그렇게 생생한 가버린 나날이여.
아아, 죽어가는 눈망울에 창문이 서서이
희멀건 네모꼴을 드러낼 무렵,
그 어둠 깔린 여름날 새벽 설 깬 새들의
첫 울음 소리가 죽어가는 귓가에 들려오듯,
그렇게 구슬프고, 그렇게 야릇한 가버린 나날이여.

◇이미 지나가버린 날들에 대한 그리움을 노래한 시이다. 과거는 항상 아름다운 추억으로 남아있게 마련이지만, 추억을 생각하면 웬지 모르게 슬퍼진다. 가버린 날은 항상 슬픈 모습으로 우리들의 현실 위에 군림한다. 이러한 애틋한 감상을 테니슨은 아름다운 시폭(詩幅) 속에 수놓고 있다.

애틋하기는 죽음 뒤에 회상하는 입맞춤같고,
감미롭기는 가망없는 환상 속에서
지금은 남의 것인 입술 위에 시늉이나 내보
는 입맞춤같고
사랑처럼, 첫 사랑처럼 깊은,
온갖 회한으로 설레이는,
오, 삶 속의 죽음이여, 가버린 나날이여!

바이런

이제는 더 이상 헤매지 말자

이제는 더 이상 헤매지 말자,
이토록 늦은 한밤중에
지금도 사랑은 가슴 속에 깃들고
지금도 달빛은 훤하지만,

칼을 쓰면 칼집이 해어지고
정신을 쓰면 가슴이 헐고
심장도 숨 쉬려면 쉬어야 하고
사랑도 때로는 쉬어야 하니.

밤은 사랑을 위해 있고
낮은 너무 빨리 돌아오지만
이제는 더 이상 헤매지 말자.
아련히 흐르는 달빛 사이를……

◇바이런(George Gordon, Lord Byron 1788~1824)은 영국이 낳은 악마파 시인의 대표적인 존재이다. 그는 청춘을 기괴한 퇴폐 생활로 우울하게 보냈다. 반항적이며, 그러면서도 한편으로는 낭만적인 일면도 가지고 있는 그의 시풍은 영국의 어느 시인도 흉내내지 못할 철저한 자아주의적인 창작력을 보여주고 있다.

그대는 울었지

그대 우는 걸 나는 보았지, 커다란 반짝이는
  눈물이
그 푸른 눈에서 솟아 흐르는 것을;
제비꽃에 맺혔다 떨어지는
맑은 이슬방울처럼,

그대 방긋이 웃는 걸 나는 보았지
——청옥의 반짝임도
그대 곁에선 그만 무색해지더라.
그대의 반짝이는 눈동자,
그 속에 괸 생생한 빛 따를 길 없으니,

구름이 저기 저 먼 태양으로부터
깊고도 풍요한 노을을 받을 때
다가드는 저녁 그림자
그 영롱한 빛을 하늘에서 씻어낼 길 없듯이
그대의 미소는 침울한 이 내 마음에
그 맑고 깨끗한 기쁨을 주고
그 태양 같은 빛은 타오르는 불꽃을 남겨
내 가슴 속에 찬연히 빛난다.

◇이 시는 특히 바이런의시 세계를 적나라하게 표출시켜 주고 있는 작품이다.

아테네의 처녀여, 우리 헤어지기 전에

아테네의 처녀여, 우리 헤어지기 전에
돌려 다오, 어서 나의 심장을!
아니면 이미 내 가슴을 떠난 심장이거든
그대 그것을 간직하고 나의 나머지 것도 아예
  다 가져 가거라.
내가 떠나기 전에 나의 맹세를 들어다오,

◇사랑과 정열을 강열하게 불태우는 시인의 마음이 잘 드러나 있는 작품이다. 사랑에 대한 굳은 의지의 표명이라고 할 수 있다.

「나의 생명이여, 나 그대를 사랑하노라.」

이이지아해의 정다운 바람결 하나하나에
흩날리는 그대의 풍성한 머리채,
그대의 붉게 피어나는 보드라운 두 볼에 입맞
  추는
그대의 까만 눈시울,
그리고 또한 어린 사슴처럼 싱싱한 눈동자를
  두고 맹세한다.
「나의 생명이여, 나 그대를 사랑하노라.」
내 간절히 탐내는 그대의 입술,
잘록 졸라맨 그대의 날씬한 허리,
그 지닌 뜻 말로써 이루려다 이루지 못하는
가지각색 꽃들,
그리고 기쁨과 괴로움이 엇갈려드는 사랑을 두
  고 맹세한다.
「나의 생명이여, 나 그대를 사랑하노라.」

아테네의 처녀여! 나는 간다.
내 사랑이여! 혼자 남거들랑 나를 생각하라.
내 비록 이스탄불로 떠난다 해도
아테네는 내 심장과 혼을 사로잡고 있거늘
간다고 너를 잊을손가? 아니!
내 사랑 끝날손가, 그건 안될 말.
「나의 생명이여, 나 그대를 사랑하노라.」

엘리어트

황무지(荒蕪地)

정말 쿠마에서 나는 한 무녀(巫女)가 항아리 속에 달려 있는 것을
똑똑히 내 눈으로 보았다. 애들이,「무녀야, 넌 무얼 원하니?」
물었을 때, 무녀는 대답했다.「난 죽고 싶어.」

보다 훌륭한 예술가
에즈라 파운드에게

1. 사자(死者)의 매장

4월은 가장 잔인한 달, 라일락꽃을
죽은 땅에서 피우며, 추억과
욕망을 뒤섞고, 봄비로
활기없는 뿌리를 일깨운다.
겨울이 오히려 우리를 따뜻이 해주었다. 대지를
망각의 눈으로 덮고, 마른 구근을 가진 작은 생명을 길러 주며
여름이 우리를 급습해왔다, 시타른베르게르제 호를 넘어
소낙비를 가져와 우리는 회랑에 머물렀다가
햇볕이 나자 호프카르텐으로 가서
코오피를 마시며 한 시간이나 이야기했지.
나는 러시아인이 아니고, 리투아니아 출신 순수한 독일인이이에요
어릴적 내가 사촌 대공(大公) 집에
머물렀을때 사촌이 날 썰매에 태워줬었는데나는 겁이 났어요. 마리, 사촌이 소리쳤죠, 마리, 꼭 붙들어. 그리곤 미끄러져 내려갔어요.

◇엘리어트(Thomas Stearns Eliot 1888~1965)는 영국으로 귀화한 미국 태생의 시인이며 비평가이다. 하버드와 옥스포드에서 수학했다. 초기에는 런던에서 은행원으로 근무하면서 시작(詩作)에 몰두하였다. 그러다가 1920년에는 자신이 편집·제작한 평론지「크라이테리온(Criterion)」에다 장시(長詩)인 〈황무지(荒蕪地)〉를 발표하여 시단(詩壇)에 커다란 반향을 불러 일으켰다. 〈황무지〉에서 그는 1차대전 후의 대혼란을 노래하고 있다.

만년에 이르러서는 차츰 시작(詩作)으로부터 벗어나 문명에 대한 비평을 하기 시작했다. 그는 주로 카톨리시즘에 의한 질서의 회복을 주장하는 평론을 많이 발표하였고, 시극(詩劇)도 썼다. 투철한 이성(理性)으로 현실을 직시하는 그의 냉철한 판단은 항상 독자들의 시선을 끌었고, 전 세계 지식층으로부터 찬사를 받았다. 1948년에는 노벨문학상을 받기도 했다.

엘리어트는 이 시 〈황무지〉에 대해서 다음과 같은 개관서(概觀序)를 붙이고 있다.

'이 시의 제목 뿐만 아니라 설계와 많은 부수적인 상징은 성배전설(聖杯傳說)에 관한 제씨. L. 웨스튼 여사의 저서「제식(祭式)으로부터 기사(騎士) 이야기

산에선 자유로운 느낌이 들어요.
나는 밤엔 대개 책을 읽고, 겨울엔 남쪽으로 가요.

이 움켜 잡는 뿌리는 무엇이며, 무슨 가지가
이 돌투성이 쓰레기 속에서 자라나는가?
인간의 아들아,
너는 말도 추측도 할 수 없다, 왜냐하면 너는 다만
부서진 우상더미만 알기 때문에, 거기엔 해가 내리쬐고,
죽은 나무는 아무런 피난처도, 귀뚜라미는 아무런 위안도
주지 않고, 메마른 들엔 물소리도 없다. 다만 이 붉은 바위 밑에 그늘이 있다,
(이 붉은 바위 그늘 밑으로 들어오라)
그럼 나는 아침에 너의 등뒤에 성큼성큼 걸어오는
네 그림자나, 저녁때 너를 마중나오는 그림자와도 다른
그 무엇을 보여 주리라.
나는 너에게 한줌의 재 속에서 공포를 보여주리라.

바람은 선선히
고향으로 부는데
아일란드의 우리님은
어디 있느뇨?

「일 년전 처음으로 당신이 내게 하아신드를 줬기에, 사람들이 날 히아신드 소녀라 불렀어요.」

로」에 의해 시준(示唆) 되었다. 정말, 너무나 깊이 나는 힘입었으며, 웨스튼 양의 저서는 이 시의 난해(難解)를 나의 주(註)보다 훨씬 더 잘 해명(解明)해 줄 것이다. 그래서 나는 그 저서를 (저서 그 자체의 큰 흥미는 별도로 하고) 그러한 시의 해명(解明)을 수고할 가치가 있다고 생각하는 사람에게 추천한다. 나는 인류학의 또 하나의 저서, 즉 우리들의 세대에 깊은 영향을 끼쳤던 저서「황금가지」에 전반적으로 힘입었다. 나는 특히「아도니스, 아티스, 오시리스」의 두권을 사용했다. 이 저서를 알고 있는 사람은 누구나 이 시 속에 식물제(植物祭)에의 약간의 언급(言及) 들을 즉시 알아차릴 것이다.'

—그러나 네가 팔에 꽃을 한아름 안고, 늦게
머리칼이 젖은 채, 같이 히아신드 정원에서돌
아왔을 때, 나는
말할 수도 없고 눈은 안 보여, 나는
산 것도 죽은 것도 아니고, 아무것도 모르고
다만 빛의 핵심, 정적을 들여다보았다.
바다는 황량하고 쓸쓸하구나.

유명한 천리안 소소스트리스 부인은
심한 감기에 걸렸는데도 그래도
사악한 트럼프 한 벌을 가진
유럽 제일가는 여자 점장이로 알려져 있다.
그녀가 말했다, 여기
당신 카아드가 있어요, 익사한 페니키아 수부
예요,
(그의 눈은 진주로 변했어요. 보세요!)
이건 벨라돈나, 암석의 부인,
부정한 여인이에요.
이건 세 막대기를 가진 남자, 그리고 이건 바
퀴,
이건 눈이 하나인 상인, 그리고 아무것도 안
그려진
이 카아드는 이 상인이 등뒤에 짊어진
무엇인데 내가 못 보게 되어 있어.
그 교살된 남자를 못 찾겠는데요. 익사를 조
심하세요.
사람들이 원을 그리며 돌아가는 것이 내게 보
여요.
감사해요, 혹시 에퀴튼 부인을 만나시거든
천궁도를 내가 직접 가져간다고 말해 주세요.

요즘은 무척 조심않으면 안 돼요.

유령 같은 도시,
겨울 새벽 갈색 안개 속을
런던 브리지 위로 사람들이 흘러갔다. 이렇게 많이,
이렇게도 많은 사람을 죽음이 파멸시켰으리라 나는
결코 생각 못했다.
짧은 한숨을 이따금 내쉬며
각자 자기 발앞을 주시면서.
언덕을 올라가서 킹 윌리엄 가로 내려가
성 메어리 울노드 교회가 죽은 소리로 아홉 시의
마지막 일타를 울려 시간을 알리는 곳으로.
거기서 나는 친구를 하나 발견하곤「스텟슨!」하고 소리쳐 그를 멈추게 했다.

「자네 밀라에 해전때 . 나하고 같은 배에 타고 있었지!
작년 자네가 정원에 심었던 그 시체가
싹이 트기 시작했나? 올해에는 꽃이 필까?
혹은 갑작스런 서리가 묘목을 망쳤나?
오 인간에게 친구인 〈개〉를 멀리 하게,
그렇잖으면 그놈이 발톱으로 다시 파헤칠거야!
그대! 원시적 독자여!—나의 동포—나의 형제여!」

Ⅱ. 체스놀이

그녀가 앉은 의자는 찬란한 왕자처럼
대리석 위에서 빛났다. 그곳엔 거울이
열매 주렁주렁한 포도덩굴이 새겨진 기둥으로
  받쳐져 있고
그 덩굴 사이에서 황금빛 큐우핏이 하나 빠끔
  히 내다봤다.
  (또 하나는 날개 뒤에 눈을 가리고 있고)
거울은 칠지촉대의 타오르는 불길을 이중으로
  하여
새틴상자 속에서 화려히 넘쳐 흐르는 그녀의
  보석들의 광채와
만나 테이블 위에 빛을 반사했다.
마개 뽑힌 상아와 색유리의 향수병 속엔
그녀의 연골, 분, 액체향수
이상한 인조 합성 향료들이 들어 있어
감각을 향내 속에 어지럽히고 혼란시키고
익사시키고, 창문으로 선선히 불어오는 공기
  에 향내는 흔들리어
위로 올라가 길게 느려진 촉대의 불을 살찌게
  태우며
촛불연기를 우물반자 속으로 불어올려
격자천정 무늬를 어른거리게 했다.
구리못이 박힌 큰 바다 표목은
빛깔 있는 대리석으로 테두리지워져
초록빛과 오렌지빛이로 타오르고
그 슬픈 빛 속을 돌고래 조각이 헤엄치고 있
  었다.
고풍의 벽난로 선반 위엔
마치 삼림경치가 내다보이는 창문처럼,
저 야만적인 왕에게 난폭히도 능욕된

필로멜의 변신 그림이 장식되어 있었다. 그러나 거기서 나이팅게일은
침범할 수 없는 목소리로 온 황야를 채웠다.
그리고 여전히 울었고, 여전히 세상은 추격한다.
「작 작」 더러운 귀에.
시간의 많은 시든 토막들이 벽에
그려져 있어, 빤히 노려보는 인물들이
상체를 밖으로 내밀어 기대면 닫힌 방을 조용케 했다.
계단에서 발을 질질 끄는 소리가 들렸다.
화로 빛을 받아, 빗질한 그녀의 머리칼은
타오르는 불꽃처럼 뾰족히 되어
작열해서 말이 되었다가, 다시 소름끼치게 고요해졌다.

「오늘밤 내 신경이 이상해요, 정말 그래요, 같이 있어 주세요.
내게 말해 봐요, 왜 도무지 말도 안 해요, 말해 봐요.
당신은 무얼 생각하고 있어요 ? 무슨 생각을 ? 무얼 ?
나는 당신이 무얼 생각하는지 도무지 알 수없어요. 생각해 봐요.」
나는 생각해 우리는 죽은 사람들이 뼈를 잃은 쥐의 골목에 있다고.

「저 소리는 뭐예요 ?」
도어 밑을 지나는 바람.
「지금 저 소리는 뭐예요 ? 바람이 뭘하고 있어

요?」

아무것도 하지 않아 아무것도.

「아무것도 당신은 몰라요?아무것도 못봐요? 아무것도 당신은 기억못해요?」

나는 기억해

그의 눈이 진주로 변한 것을.

「당신은 살았어요, 죽었어요? 당신 머리속엔 아무것도 안들었나요?」

들어 있는 건 고작

오오오오 저 세익스피어의 재즈—

그것 참 우아하면서

참 지적인 팝송가사뿐이야.

「나는 증금 뭘 할까요, 도대체 나는뭘해야 할까요? 지금

이렇게 머리칼을 풀어뜨린 채 밖으로뛰어나가

거리를 헤맬 테야, 내일은 우리 뭘 할까요?

도대체 어떻게 하면 좋겠어요?」

열시에 더운 물.

비가 오면, 네 시에 세단차.

그리고 체스나 한판 두지,

자지 않고 눈을 말똥거리며 도어에 노크를 기다리면서.

릴의 남편이 제대했을 때, 나는 말했지—

노골적으로 나 자신 릴에게 말했지,

여보세요 문닫을 시간됐어요

이제 앨버트가 돌아오니 좀 스마트하게 몸치장해.

앨버트는 이를 해박으라고 너한테 준 돈으로 네가

뭘했는지 물을거야. 앨버트가 말할 때 내가 거기 있었지.
릴, 이를 다 뽑고 좋은 이를 해박어.
앨버트는 말했어, 정말이야, 너를 차마 볼 수 없다고.
그래 나도 그렇다고 말했지. 가엾은 앨버트를 생각해봐.
4년이나 군대에 있었잖아, 재미를 보고 싶을 거야,
네가 재미를 못 주면, 다른 여자들이 줄거야, 나는 말했지.
오 그런 사람이 있을까 하고 릴은 말했지. 있을 거야, 나는 말했지.
그럼 그게 누군지 알겠어, 릴은 말하면서 날 쏘아보았지.
여보세요 문닫을 시간됐어요
그게 싫어도 그냥 참아야지, 나는 말했지.
네가 할 수 없다면 딴 여자들이 골라 잡을거야.
그렇다면 혹시 앨버트가 도망간다면, 내가 말 안해서 그런건 아냐.
너는 부끄럽지도 않니, 그렇게 늙어 보이는게, 이렇게 나는 말했지.
(그런데 릴은 아직 서른 한 살)
할 수 없지, 릴은 말하면서 씁쓸한 표정을 지었지.
애길 없애려고 먹은 피임약 때문이야, 릴은말했다.
(벌써 애가 다섯, 막내동이 조지를 낳을 땐죽을 뻔했다)

약국 사람은 괜찮을 거라 했지만, 그 뒤론 전
과 같지 않아.
너는 정말 바보로구나, 나는 말했지,
그래, 앨버트가 너를 가만두지 않겠다면 별수
없지,
어린애가 싫다면 넌 무엇 때문에 결혼했니?
여보세요 문닫을 시간됐어요
앨버트가 돌아온 일요일 그들은 더운 베이컨
요리를 차려놓고
맛있게 뜨거운 걸 먹도록 만찬에 나를 청했었
지—
여보세요 문닫을 시간됐어요
여보세요 문닫을 시간됐어요
빌 안녕. 루 안녕. 메이 안녕. 안녕.
타 타. 안녕히, 안녕히.
안녕히 부인들. 안녕히 사랑스런 부인들. 안
녕히, 안녕히.

Ⅲ. 불의 설교

강의 천막은 찢겨졌다. 손가락 같은 마지막
잎새들이
젖은 둑을 움켜쥐며 갈아앉는다. 바람은
소리없이 갈색 땅을 지나간다. 님프들은 떠나
갔다.
아름다운 템즈여, 고요히 흘러라, 내 노래 끝
마칠 때까지.
강물 위엔 아무것도 없다. 빈 병도, 샌드위치
종이도,
실크 행커치프도, 마분지 상자도, 담배 꽁초

도,
혹은 여름밤의 다른 증거품도. 님프들은 떠나
갔다.
또 그들의 동무들, 도시 중역의 빈들거리는자
식들도
떠나갔다, 주소도 남기지 않고.
레만 호수가에 나는 앉아 울었다.
아름다운 템즈여, 고요히 흘러라, 내 노래 끝
마칠 때까지,
아름다운 템즈여, 고요히 흘러라, 큰소리로 길
게도 말 않을 테니.
그러나 등뒤의 일진냉풍 속에 나는 듣는다,
뼈들의 덜커덕 소리와 입이 찢어지게 웃는 낄
낄 웃음을.
쥐 한 마리가 둑 위에서 흙투성이 배를 질질
끌면서
풀 숲속으로 살살 기어갔다,
어느 겨울 저녁 내가 가스 탱크 뒤를 돌아
음산한 운하에서 낚시질하며
왕의 난파와
그 먼저 죽은 부왕의 생각에 잠겨 있을 동안에.
흰 뼈다귀들은 습기찬 낮은 땅 속에,
뼈들은 작고 메마른 나지막한 다락방에 버려져
있어
해마다 다만 쥐의 발에 채여 덜커덕거렸다.
그러나 등 뒤에서 나는 때때로 듣는다.
경적과 자동차소리, 그것은
스와니를 샘에 있는 포오터부인에게 태우고
가리라
오 포오터 부인과

그녀의 딸 위에 훤히 비친 달이여
모녀는 소오다수로 발을 씻는다.
그리고 오 둥근 천정 속에서 합창하는 소년성
가대의 목소리여!

툇 툇 툇
작 작 작 작 작 작
참 난폭하게도 능욕당했네
테류

유령 같은 도시
안개 낀 겨울 정오
스밀나 상인, 수염도 깎지 않은
유디니디즈씨는 포킷에 건포도
보험료 및 운임 포함 런던 도착 가격, 일람불
증서를 가득히
넣고 비속한 프랑스어로
캐논가 호텔에서, 런치,
위크엔드를 메트로폴 호텔에서 보내자고 나
를 청했다.

보라빛 시간에, 눈과 등이
책상을 떠나 위로 향하고, 인간엔진이,
발동을 걸고 기다리고 있는 택시처럼 고동칠
때에,
나 티레지어스, 비록 눈이 멀고 남녀 양성 사
이에 고동치는
주름살진 여자의 젖이 달린 늙은 남자일망정
보라빛 시간에, 사람을 재촉하며,
바다로부터 수부를 집으로 데려오는 저녁시간

에, 볼 수 있다.
티이 타임에 집으로 돌아온 타이피스트가 조
반을 치우고
스토우브에 불을 피워 깡통에 든 음식을 늘어
놓는 것을.
창 밖으로 위태로이 널린 그녀의 콤비네이션
마지막 햇살을 받으며 마르고 있고
긴의자 위엔(밤엔 그녀의 침대가 된다)
양말, 슬리퍼, 하의, 코르셋이 쌓여 있다.
나 티레지어스, 주름살진 젖이 달린 노인은
이 장면을 보고 나머지를 예언했다—
나도 또한 여기 놀러올 손님을 기다렸다.
이윽고 그가 도착했다. 여드름 투성이의 청년
조그마한 가옥 알선업자의 서기, 당돌하게 노
려보는
마치 무례가, 브래드포오드 백만장자의
머리에 얹힌 실크 해트처럼, 앉아 있는 하류
계급의 자식.
지금이 호기다, 그의 짐작엔,
식사가 끝나 그녀는 지루하고 노곤하다,
그녀를 애무하려 든다
그래도 그녀는 나무라지도 않는다, 좋아하지
도 않았지만.
얼굴을 붉히며 결심하고, 그는 단숨에 덮친다.
더듬는 두 손은 아무런 저항도 받지 않는다.
그의 허영심은 여자의 반응을 바라지 않고
여자의 무관심을 오히려 환영으로 여긴다.
(나 티레지어스는 이 긴의자 혹은 침대 위에서
행해진 모든 것을 이미 경험했다.
테베시의 성벽 아래 앉았었던 그리고

지옥의 사자 사이를 걸었던 나)
그는 그녀에게 오히려 은인인 체 마지막 키스를 해 주곤
길을 더듬으며 내려간다, 계단에 불이 안켜져 있으므로.

여자는 돌아서서 잠시 거울 속을 들여다본다.
애인이 떠나간 줄 거의 깨닫지도 못하고.
그녀의 머릿속엔 한가닥 생각이 어렴풋이 떠오른다.
「일이 이제 끝났으니, 아이 좋아.」
사랑스런 여인은 어리석음을 저지르고
홀로 다시 방안을 거닐며
자동적인 손으로 머리칼을 스다듬으면서
레코드 한 장을 들어 축음기에 건다.
「이 음악이 물결을 타고 내 곁으로 기어와」
스트랜드를 따라 퀸 빅토리아 가로 사라졌다.
오 도시여, 나는 때때로 들을 수 있다.
로우어 템즈가의 어느 대중 술집 옆에서 만돌린의 아름답고 슬픈 울음소리와
또 낮에 생선장수들이 빈들거리는 곳에서
흘러나오는 웃음소리와 떠들어대는 소리를, 거기에는
메그너스 마아터 교회의 벽이
이오니아풍의 흰색과 금빛의 말할 수 없는 화려함을 지니고 있다.

강은 기름과 타아르의
땀을 흘리며
짐배들은 변하는 조류를 따라

떠돌고 있다
붉은 돛들은
활짝
바람부는 쪽을 향해
육중한 돛대에서 펄럭거리며
짐배들은 아일 오브 도그즈를 지나
그리니지 하구로
표류하는 통나무들 흐르게 한다.
　　웨이아랄라 레이아
　　왈랄라 레이아랄라

엘리자베드 여왕과 레스터 백작
철썩대는 노
선미는
금빛 조개껍질
빨강과 황금색
거품이는 물결은
양안에 철썩이며
남서풍은
하류로 흘려 보낸다.
종소리를
하얀 탑들
　　웨이아랄라 레이아
　　왈랄라 레이아랄라

「전차와 먼지투성이 나무들.
하이버리가 나를 낳고 리치먼드와 큐우가
나를 망쳤네. 리치먼드 가에서 나는 무릎
　을 치켜올려
좁은 카누우 바닥에 드러누웠었지.」

「내 발은 무어게이트에, 내 마음은
나의 발밑에. 그 일이 있은 뒤
그는 울었지. 그는 새 출발을 약속했지만
나는 아무 말도 안했어. 무엇을 내 원망하랴?」

「마아게이트 백사장에서
무와 무를
나는 연결할 수 있었다.
더러운 손들의 찢겨진 손톱.
내 집안 사람은 아무것도 바라지 않는 비천
  한 사람들.」
    라 라

카르타고로 그때 나는 왔다

탄다 탄다 탄다 탄다
오 주여 당신이 나를 건지시나이다
오 주여 당신이 건지시나이다

탄다

Ⅳ. 익사(溺死)

페니키안 플레버스는 죽은 지 2주일,
갈매기의 울부짖음도, 깊은 바다 물결도
이익도 손실도 잊었다.
          바다밑 조류가
그의 뼈를 살랑거리며 추렸다. 떴다가 가라앉
  을 때
그는 노년과 청년의 단계를 지나

물 여울 속으로 휩쓸려 들어갔다.
　　이방인이거나 유대인이거나
오 키를 돌리며 바람쪽을 바라보는 그대여
한때 그대만큼 미남이었고 키 크던 플레버스
　를 생각하라.

V. 천둥이 한 말

땀에 젖은 얼굴들을 붉게 비춘 횃불 뒤에
정원의 서리 같은 정적
바위땅의 고민
아우성과 울음소리
감옥과 궁전과 먼 산을 넘어오는
봄의 뇌성의 반향
살았었던 그는 지금 죽었고
살았었던 우리는 지금 죽어간다
약간 인내하면서

여기는 물이 없고 다만 바위뿐
바위만 있고 물이 없다 그리고 모랫길
길은 산 사이로 꾸불꾸불 돌아 오르는데
그 산들도 물이 없는 바위만의 산
물이 있다면 우리는 멈춰 마실 것을
바위 사이에선 사람들이 멈추어 생각할 수도
　없다.
땀은 마르고 발은 모래 속에 빠져
바위 사이에 물만 있다면
침도 못뱉는 이빨이 썩은 죽은 산의 아가리
여기서는 서지도 눕지도 앉지도 못한다.
산 속엔 정적조차 없다

오직 메마른 불모의 뇌성뿐
산 속엔 고독조차 없다
오직 갈라진 토벽 집 문에서
빨간 성난얼굴들이 냉소하며 으르렁거릴 뿐

물이 있고
바위가 없다면
바위가 있고
또 물이 있다면
물이
샘물이
바위 사이에 웅덩이라도 있다면
오직 물소리만이라도 들린다면
매미나
마른 풀의 노래소리가 아니라
바위 위로 울리는 물소리라도
그곳 솔숲 속에 노래하는 은둔—티티새소
리라도 있다면
드립 드롭 드립 드롭 드롭 드롭
그러나 물은 없다.

당신 옆에 언제나 걷고 있는 사람은 누구요?
내가 헤아려 보면 당신과 나뿐
그런데 내가 하얀 앞 길을 바라보면
당신 옆엔 언제나 낯선 사람이
갈색 망토에 싸여 미끄러지듯 걷고 있어, 두건
을 쓰고 있어서
남자인지 여자인지 난 알 수가 없어
——그런데 당신 저편에 있는 저 분은 누구요?

공중 높이 들리는 저 소리는 무엇인가
저 어머니의 비탄 같은 흐느낌은
평탄한 지평선으로 둘러싸인 갈라진 땅 위를
비틀거리며
끝없는 벌판을 넘어 몰려오는
저 두건쓴 무리들은 누구냐
저 산 너머 보라빛 하늘에
깨어지고 개조하고 폭발하는 저 도시는 무엇
인가
무너지는 탑들
예루살렘 아테네 알렉산드리아
비엔나 런던
허망하구나

한 여자가 그녀의 길고 검은 머리칼을 잡아
당기어
그 현 위에 나지막이 음악을 켰다
보라빛 속에 어린애 얼굴을 한 박쥐들이
휘파람 불며 날개치며
머리를 거꾸로 하여 시커먼 벽을 따라 기어 내
려갔다.
공중엔 탑들이 거꾸로 되어 있고
시간을 알렸던 종소리는 다만 추억 속의 종
그리고 목소리는 빈 물통과 물이 마른 샘에서
노래 부른다.

산 속의 이 황폐한 골짜기에서
희미한 달빛 아래 풀 울음 소리가
예배당 주위의 딩굴어진 무덤들 위에서
거기에 있는건 다만 텅빈 예배당, 바람의 집뿐.

창문도 없고 문은 흔들거린다.
마른 뼈는 사람을 해치지 않는다.
오직 수탉 한 마리가 용마루 나무 위에서 운
다.
꼬 꼬 리꼬 꼬 꼬 리꼬
번쩍하는 번개 속에. 그러자 별안간 비를 몰아
오는
한바탕의 습한 바람.

강가강은 바짝 마르고 맥을 잃은 나무들은
비를 기다렸다, 한편 먹구름이 일었다,
저 멀리 히마봔트산에
밀림은 쭈그리고 등을 굽혔다, 침묵을 지키며.
그때 천둥이 말했다.

다타(주라). 우리는 무엇을 주었던가?
벗이여, 내 마음을 흔드는 피
한 시대의 사려분별로도 철회할 수 없는
한 순간에 항복하는 무서운 대담
이것으로 오직 이것만으로 우리는 존재해 왔
다.
그것은 우리들의 사망광고에도
자비스런 거미가 짜는 유방에서도 찾을 수 없
다.
혹은 텅빈 방에서 여윈 변호사가 개봉하는 유
언장에도 남지 않는다.

다야드보암(공감하라) 나는 일찌기 한 번 꼭
한 번 도어를 잠그는 열쇠 소리를 들었다 우

리는 열쇠를 생각한다 각자의 감방에서, 열쇠
를 생각함으로써 각자 감방임을 확인한다.
다만 해가 질 때 천상의 풍문이
잠시 몰락한 코리오라누스를 회상시킨다

담야타(제어하라). 보우트는 경쾌히
응했다, 돛과 노에 숙련된 사람의 손에
바다는 잔잔했다, 당신의 마음도 경쾌히
응했으리라, 초청받았을 때, 제어하는 손에
순종하여 침로를 바꾸면서,
나는 해안에 앉아
낚시질을다. 등 뒤에 메마른 벌판을 두고.
적어도 내 땅만이라도 정돈해 볼까?
런던 브리지가 무너진다 무너진다 무너진다.
그리곤 그는 정화하는 불길속으로 뛰어 들었
다
언제 나는 제비가 될 것인가 ——오 제비,
제비여
폐탑 속의 아키테느 왕자
이 단편들로 나는 나의 붕괴를 지탱해 왔다
그럼 그렇게 해 드리죠. 히에로니모가 또 미
쳤어.
다타. 다야드보암. 담야타.
샨티 샨티 샨티

공허한 인간

늙은 놈 한테 한푼 적선하시오.

1

우리는 공허한 인간

◇이 시 역시 엘리어트의 대표작으로 손꼽히는 작품이다. 공허한 인간의 내면에 대한 현상을 날카롭게 비판한

시이다.

우리는 박제(剝製) 된 인간
서로 몸을 기대면서
머리 속에는 지푸라기만 가득 차 있다. 아아!
우리들이 서로 속삭일 때
우리들의 메마른 소리는
조용하고 무의미하다
마치 마른 풀을 날리는 바람처럼
메마른 헛간의
깨어진 유리조각을 밟고 가는
생쥐의 발자국 소리처럼
무형의 자태, 무색의 그림자,
마비된 힘, 움직임 없는 몸짓.

곧은 눈초리를 하고, 죽음의 다른 왕국으로
건너간 사람들이
우리들을 기억하고 있다 손치더라도
그것은 격정에 사로잡힌 영혼으로서가 아니라.
다만 공허한 인간
박제된 인간으로서일 것이다.

2

꿈속에서, 죽음의 꿈의 왕국에서
내가 구태여 만나고 싶지 않았던 눈
이 눈은 나타나지 않는다.
이 눈은 거기에서
깨어진 원주 위에 비치는 햇빛이다.
나무가 거기서 흔들리고 있다.
그리고 꺼져 가는 별보다도
더 멀리서 더 엄숙하게
노래 부르는 바람 속에서
소리가 들려 온다.

죽음의 꿈의 왕국에는
나를 더 가까이 가지 못하게 하라
그리고 들판의 생쥐의 옷, 까마귀의 껍질, 열십자
  막대기같은
참으로 섬세한 가장(假裝)을,
바람같은 몸짓으로 몸을 젓는
그런 기막힌 가장을 하게끔 해다오.
결코 더 가까이 가지 못하게 하고——

결코 박명(薄明)의 왕국의
최후의 회합에는,

3

이것은 죽은 나라
이것은 선인장의 나라
돌의 우상(偶像)이 여기에
세워져 있고, 그들은 여기에서
죽은 사람의 손의 애원을 받고 있다.
꺼져 가는 별이 반짝거리는 하늘 아래서

죽음의 다른 왕국에서는
모두가 이런 모양을 하고있다.
허약으로 우리들이 떨고 있을 때
혼자 깨어서
입맞춤을 바라는 입술이
깨어진 돌에다 기도를 드린다.

4

그 눈은 여기에는 없다.
이 공허한 골짜기 속에는
눈은 없다.
우리들의 잃어버린 왕국의, 이 깨어진 입속에

는

이 최후의 회합의 장소에서
우리들은 서로 손을 휘저어 가며 찾아 다니고
부풀어 오른 강의 이 기슭에 모여서
서로 말을 하지 않는다.

영원의 별로서
죽음의 박명(薄明)의 왕국의
무성한 꽃잎의 장미로서
속이 텅 빈 인간의
갸냘픈 희망으로서
또다시 눈이 나타나지 않는 한 장님이다.

5

자아 모두 다 가시 투성이의 배(梨)를 돌자
가시 투성이의 배, 가시 투성이의 배
자 모두 다 새벽 다섯시에
가시 투성이의 배를 돌자.

관념과
현실 사이에
동기와
행동 사이에
그림자가 떨어진다.
왕국은 그대의 것이기 때문이다.

수태와
창조 사이에
감정과
반응 사이에

그림자가 떨어진다.
인생은 대단히 길다.

욕망과 발
발작 사이에
능력과
존재 사이에
본질과
자손 사이에
그림자가 떨어진다.
왕국은 그대의 것이기 때문이다.
그대의 것이기 때문이다.
인생은 있다.
그대의 것이기 때문이다.

이것이 세계가 끝장이 나는 모습이다.
이것이 세계가 끝장이 나는 모습이다.
이것이 세계가 끝장이 나는 모습이다.
탕 하는 소리는 안나고, 훌쩍거리는 울음소리
만으로.

베를레느

거리에 비가 내리듯

거리에 비가 내리듯
내 마음에 눈물 내린다.

가슴 속에 스며드는
이 설레임은 무엇일까?

◇베를레느(Paul Verlaine 1844~1896)는 프랑스의 서정시인이다. 스물 두 살 때부터 시작(詩作)에 몰두하였고, 1870년에 결혼하였으나 그 해에 랑보를 만

대지에도 지붕에도 내리는
빗소리의 부드러움이여!
답답한 마음에
오 비내리는 노랫소리여!

울적한 이 마음에
까닭도 없이 눈물 내린다.
웬일인가! 원한도 없는데?
이 슬픔은 까닭이 없다.

이건 진정 까닭 모르는
가장 괴로운 고통,
사랑도 없고 증오도 없는데
내 마음 한없이 괴로와라!

나 아내를 버리고 시작(詩作)을 위해 영국과 벨기에 등지를 유랑하기 시작했다. 그러나 그후 아내가 죽자 신앙심으로 개심하여 아름다운 종교시를 쓰기 시작했다. 그는 전형적인 데카탕시인이었지만 한편으로는 영혼에의 요구도 강렬하였다. 1894년에는 시왕(詩王)으로 뽑히기도 했다. 이 시 〈거리에 비가 내리듯〉은 그의 서정을 대표하는 작품이다.

휠더린

운명의 여신에게

권능을 지닌 자, 그대들이여, 다만 한 여름과
 한 가을을
저의 성숙한 노래를 위해 허락하옵소서,
그리하여 감미로운 유희에 포만하여,
저의 마음이 온유해져서 죽게 하소서!
삶에서 거룩한 권리가 부여되지 못한 영혼은
저 하계의 명부에서도 쉬지 못합니다.
그러나 어느 땐가 나의 마음속에 있는
거룩한 것, 시가 완성되면,

환영하리다, 오, 음영의 세계의 적막이여!

◇이 시는 휠더린의 대표작으로 신앙시에 속한다. 한평생을 신앙적인 삶에 바탕을 두고 살아온 시인이 자신의 내면 세계에 대한 신앙의 고백을 표출하고 있다.

비록 나의 현악이 나를 배웅하지 않는다고 해
도
나는 만족하리다. 나는 한 번 신들처럼 살았
으니
그 이상 아무것도 필요하지 않으리다.

노발리스

밤의 찬가

생명이 있고,
감성이 있는 어떤 자가,
그를 에워싼 넓은 공간의
놀라운 현상들 중에 무엇보다도
광선과 광파
빛깔들,
낮 동안의
온화한 편재를 지닌
가장 즐거운 빛을 사랑하지 않는이는 없을 것
이다.
빛의 푸른 대양에서 헤엄치는
쉴 줄 모르는 성좌들의
거대한 세계는 빛을
가장 내면의 영혼으로 호흡하며,
빛나는 돌도
조용한 식물도
삶은 다양한
언제나 움직이는 힘과 같이
동물들의 힘도
빛을 호흡한다—

◇노발리스(Novalis 1772~1801)는 독일 낭만파의 초기의 대표적인 시인이다. 그는 이 시 〈밤의 찬가〉를 통하여 밝은 한낮보다는 어둠에 싸인 한밤의 고요를 찬미하고, 살아있는 현실보다는 죽음의 적요를 노래하고 있다. 이 시는 그의 대표작이다.

다채로운 구름들과
그리고 공기
그리고 무엇보다도
사려 깊은 시선과
경쾌한 발걸음
그리고 음악적인 입을 가진
찬연한 이방인도 빛을 숨쉰다.
현세의 자연의
임금님과 같이
빛은 모든 힘을
무수한 변천으로 불러내며,
빛의 현존만이
현세의 경이로운 찬란함을
계시한다.
거룩하고 말할 수 없고,
신비에 가득 찬 밤을 향해
나는 아래쪽으로 몸을 돌린다—
깊은 묘혈 속에 침몰된 듯이
세계는 저 멀리 놓여 있다.
세계의 위치는 얼마나 황폐하며 쓸쓸한가!
깊은 애수가
심금을 울린다.
회상의 머나먼,
청춘의 소망들,
소년시절의 꿈들,
기나긴 인생의
짧은 기쁨들
그리고 하염없는 희망들이
회색의 옷을 입고,
일몰 이후의

저녁 안개처럼
다가온다.
다채로운 향락과 함께
세계는 저 멀리 놓여 있다.
다른 공간에서
빛은
즐거운 천막을 쳤다.
빛은 이제 그의 성실한 아이들에게
그의 정원으로
그의 찬란한 집으로
다시는 되돌아오지 않는단 말인가?
그런데 무엇이
이렇게 서늘하게 활기를 주며,
이렇게 예감이 차서
가슴에서 솟아나
애수의 포근한 공기를
마시는 것일까?
어두운 밤이여
그대도 인간적인
마음을 지닌 것인가?
눈에 보이지 않고 힘차게
나의 영혼을 동요시키는
무엇을 그대는
그대의 외투 밑에 지니고 있는가?
그대는 다만 무섭게만 보이는구나—
고귀한 향내는
그대의 손과
양귀비 다발에서 방울져 떨어진다.
감미로운 도취 속에서 그대는
정의의 무거운 날개를 펴고

우리들에게 어둡고 형언할 수 없으며,
그대 자신과도 같이 정다운
기쁨을 선사하라.
우리들로 하여금 천국을 예감케 하는
그 기쁨을.
다채로운 사물들을 지닌
빛이 이제 나에게는
얼마나 빈약하고 치졸하게 생각되며,
작별의 이
얼마나 즐겁고 축복을 주는 것으로 느껴지는
가.
밤이 그대로부터
봉사하는 자들을 빼앗아간
바로 그 때문에
빛이여, 그대는
드넓은 공간속에
빛나는 공들을
씨뿌렸으니,
그대가 멀리 떠난 시대에
그대의 회귀를
그대의 만능을 창도하기 위함이라.
저 머나먼 곳의
빛나는 별들보다도
밤이 우리들의 마음속에 눈뜨게 한
그 무한한 눈이 더 거룩하게 생각된다.
내심의 눈은
저 무수한 성군의 가장 창백한 것들보다
더 멀리 본다.
빛을 필요로 하지 않고 내심의 눈은
사랑하는 심정의

깊은 곳을 투시하며
형언할 수 없는 열락으로
고귀한 공간을 채우는 것을 꿰뚫어본다.
거룩한 세계의
고귀한 예고자며,
복된 사랑의
양육자인
세계의 여왕인 밤이여 찬송 받으라.
연인이여, 그대가 온다—
밤은 왔다—
나의 영혼은 광희한다—
현세의 낮은 지나고,
그대는 또다시 나의 것,
나는 그대의 깊고 검은 눈을 본다.
그리고 사랑과 행복 이외의 아무것도 보지 않는다.
우리는 밤의 제단에 무릎을 꿇는다.
포근한 침상 위에—
껍질은 벗겨지고,
뜨거운 포옹으로 불이 붙은 채,
감미로운 희생의
밝은 불길은 솟아오른다—

헤 세

편 지

서쪽에서 바람이 불어 옵니다.
보리수 거세게 술렁대며

◇시인이며 소설가인 헤세(Hermann Hesse 1877~1962)는 토마스 만과 더

나뭇가지 사이로 달님이
내 방속을 엿보고 있읍니다.

나를 버리고 떠난
사랑하는 여인에게
긴 편지를 썼읍니다.
달님이 종이 위를 비쳐줍니다.

부드럽고 조용한 달빛이
글자 위를 스쳐갈 때
내 마음 울음 터뜨려
잠도, 달님도, 저녁 기도도 잊고 맙니다.

안개 속

안개 속을 거니는 이상함이여
덩굴과 돌들 모두 외롭고
이 나무는 저 나무를 보지 않으니
모두들 다 혼자다.

나의 삶이 밝던 그때에는
세상은 친구로 가득했건만
이제 여기에 안개 내리니
아무도 더는 볼 수 없다.
회피할 수도 없고 소리도 없이
모든 것에서 그를 갈라놓는
그 어두움을 모르는 이는
정녕 현명하다고는 할 수 없다.

안개 속을 거니는 이상함이여

불어 현대 독일 최대의 작가로 불리워지고 있다. 그는 자연과 인간을 사랑하고 방랑과 자유를 흠모했으며, 끊임없이 현대 신낭만주의 문학을 완성해 나갔다. 노벨문학상 수상자이기도 한 그는 1차 세계대전 때 비전론자(非戰論者)로 지목 받아 압박을 받아 결국 스위스로 국적을 옮겼다. 그의 시는 대체적으로 꿈에 부푼 소녀의 환상처럼 달콤하고 감미롭다.그는 명실공히 사랑의 추종자였다. 이러한 그의 관념은 작품을 통해서나 현실의 삶에 있어서도 역력히 나타났다.신앙을 밑바탕에 깔고 있으면서 강렬한 사랑의 호흡을 시의 귀절마다 절묘하게 불어넣고 있다. 이 시 〈편지〉도 다른 많은 작품들과 함께 헤세의 대표작으로 꼽힌다.

◇이 시 〈안개속〉 역시 헤세의 대표작 중의 한 편이다. 모든 시력을 흐리게 만드는 안개속을 거닐면서 시인은 알 수 없는 인간의 마음을 생각한 것이다. 믿을 수 없는, 믿지 아니하는 인간의 내면적인 개인성에 대한 일말의 회의감이 시의 전편을 고요히 적시고 있다.

산다는 것은 외로운 것,
누구나 다른 사람 알지 못하고
모두는 다 혼자이다.

흰 구름

오오 보라, 흰 구름은 다시금
잊혀진 아름다운 노래의
희미한 멜로디처럼
푸른 하늘 저쪽으로 흘러간다!

기나긴 나그네길을 통해서
방랑과 슬픔과 기쁨을
한껏 맛본 자가 아니고는
저 구름의 마음을 알지 못한다.

나는 태양과 바다와 바람이 같이
하얀 것 정처없는 것을 좋아하나니
그것들은 고향 떠난 나그네의
자매이며 천사이기 때문이다.

◇어느 누구보다도 방랑을 즐겨하였고 또한 사랑하였던 시인이 떠도는 흰 구름을 보면서 고향을 떠난 나그네의 정한을 노래하고 있다.

방 랑
—크눌프에 대한 기념

슬퍼하지 말아라, 머지 않아 밤이 온다.
그 때 우리는 창백한 들판을 넘어
싸늘한 달의 미소를 보게 될 것이고
손과 손을 마주 잡고 쉬게 되리라.

◇이 시에서의 방랑은 단순한 육신의 방황이 아니라 인생의 여정에 대한 갈등이다. 안정을 찾지 못한 인생에 대한 조용한 체념과 순종적인

슬퍼하지 말아라, 머지 않아 때가 온다.
그 때 우리는 안식하며 우리 십자가는
해맑은 길섶에 나란히 서게 되고,
그 위에 비 오고 눈이 내리리라.
그리고 바람이 불어 오고 또 가리라.

충고이다.

아우에게

너하고 이제 고향집에서 다시 만나
이 방 저 방을 황홀히 돌아 다니고,
지난 날 서로 장난꾸러기로 뛰놀던
뜰 안에 언제까지나 멈춰 서본다.

유년 시절의 초록빛 나라를 지나,
옛날에 정든 길을 조용히 거닐면,
지난 날은 아름다운 전설처럼
신기하고 크낙하게 마음 속에 되살아 오는 구
나.

아아 이제는 우리를 기다리는 그 모든 것이
결코 지난 날 같은 깨끗한 빛남은 찾을 수 없으리,
우리가 어린 아이로서 하루같이 뜰안에서
나비를 잡던 그전 날과 같은……

◇이 시의 주제는 지나가버린 유년 시절에 대한 그리움이다. 어린 시절을 함께 뛰놀며 정들었던 아우를 보면서 시인은 옛 추억을 되살리고 있다.

잠

애 가

「나의 사랑하는 이」하고 너는 말했다.

◇이 시는 잠(Francis ja-

「나의 사랑하는 이」하고 내가 대답했다.
「눈이 오지요」하고 네가 말했다.
「눈이 오는군」 하고 내가 대답했다.
「좀 더」하고 네가 말했다.
「좀더」 하고 내가 대답했다.
「이렇게 !」하고 네가 말했다.
「이렇게 !」하고 내가 말했다.
그리고 나서 나는 이렇게 말했다.
「난 당신이 좋아요」
「좀 더 좀 더 그 말을…… 」
「아름다운 여름도 다 가지요」
하고 네가 말했다.
나는 대답해 「가을이야」했다.
그리고 난 뒤
두 사람의 말은 처음처럼 같지 않았다.
그런데 어느 날 네가 말하기를
「오 ! 난 얼마나 당신이 좋은지 모르겠
　어요 !」했다.
상쾌한 가을 날의 화려한 저녁 일이다.
그때 나는 대답해
「다시 한번 말해……
—자 다시 자꾸 자꾸…… 」
나는 이렇게 졸랐다.

mmes 1868～1938) 의 대표작 중의 한 편이다. 프랑스 뚜르네에서 태어난 잠은 까다로움 보다는 자연 그대로를 노래 부르는 시풍(詩風) 으로 알려져 있다. 그의 시는 격조가 매우 부드러운 것이 특징이다.

그 소녀는

그 소녀는 하얀 살결
펼쳐진 소매 밑으로
손목의 푸르스름한
정맥이 드러나 보인다.

◇이 시는 다분히 서정적인 애정시이다. 소녀의 순진스러움을 보고 느끼는 감정을 티없이 맑은 목소리로 노래하고 있다.

어째서 그 소녀가 웃는 지
아직도 알지 못한다.
이따금 소녀는 부른다.
또랑 또랑한 목소리로.

길가에서 꽃을 따기만 해도
모든 사람의 마음을
사로 잡는다는 사실을
저도 알고 있는지?

하얀 살결에 날씬한 몸매, 게다가
참 매끈한 팔을 하고 있다.
언제 봐도 얌전한 몸맵시
갸우뚱 고개를 기울이고 있다.

쉴 러

순례자

인생의 봄에 벌써
나는 방랑의 길에 올랐다.
청춘의 아름다운 춤들일랑
아버지의 집에 남겨둔 채로

유산과 소유의 모든 것을
즐겁게 믿으며 버려 버렸다.
가벼운 순례자의 지팡이를 들고
어린이의 생각으로 길을 떠났다.

◇이 시는 쉴러(Friedrich von Schiller 1759~1805)의 대표작이다. 쉴러는 괴테와 더불어 독일 고전주의를 대표하는 시인이다. 그는 시를 통하여 주로 현실 속에서 이상을 추구하고자 노력하였다. 그의 시에는 보다 강렬한 정신과 고매한 관념이 엿보인다.

길은 열려 있다. 방랑하라
언제나 상승을 추구하라는.
거대한 희망이 나를 휘몰고,
어두운 믿음의 말이 들린 때문에.

황금빛 대문에 이를 때까지,
그 문 속으로 들어가라고,
그곳에서는 현세적인 것이
거룩하고도 무상하지 않으리라.

저녁이 되고 또 아침이 와도,
나는 한 번도 멈춘 일이 없다.
그러나 내가 찾고 원하던 것은
나타난 일이 도무지 없다.

산들이 행로를 가로막았고
강들이 발걸음을 얽매었으나,
협곡 위에는 작은 길을 내고
거친 물살 위엔 다리를 놓았다.

그리하여 동쪽으로 흘러가는
어떤 강기슭으로 나는 왔다.
강의 길을 믿으면서
나는 강의 품속에 몸을 맡겼다.

그 강의 유희하는 물결은
나를 큰 바다로 이끌어 갔다.
내 앞에 드넓은 허공만 있고,
목적지에 가까이 가지 못했다.

어떤 길도 그곳으론 가지를 않고,
나의 머리 위의 저 하늘도
땅과는 한 번도 닿지 않는다.
그리고 그곳은 결코 이곳일 수 없다.

보들레르

유 령

◇프랑스의 시인이며 비평가인 보들레르(Pierre Charles Baudelairs 1821~1867)는 일생을 비극 속에서 지냈다. 일찍 부모를 여의고 양부(養父) 밑에서 자란 그는 양부의 뜻을 어기고 방종한 생활 속에 뛰어들었다. 이러한 그의 불행한 운명은 그의 시풍(詩風)을 「악의 꽃」과 같은 방향으로 흐르게 하였다. 이 시 〈유령〉 역시 그의 시세계를 엿볼 수 있는 작품이다.

갈색 눈의 천사처럼
나 그대의 침실로 찾아가,
밤의 어둠과 함께 조용히
그대에게로 숨어들리.

그리하여 나 그대에게, 갈색의 여인이여!
달빛처럼 차가운 입맞춤과
구덩이 주위를 기어다니는 뱀의
애무를 해 주리,

그리고 창백한 아침이 되면
그대, 밤까지 싸늘할
나의 빈 자리를 보리.

그대의 생명과 젊음에,
남들은 애정으로 대하여도
나는 공포로 군림하리.

가을의 노래

1

이윽고 우리는 가라앉을 것이다, 차디찬 어둠 속으로,
너무나도 짧은 우리의 여름날, 그 강렬한 밝음이여 안녕히!
불길스러운 충격을 전하며 안마당 돌 브로크 위에
던져지고 있는 모닥불 타는 소리를 나는 벌써 듣는다.

이윽고 겨울 그것이 내 존재에 돌아오리니,
분노와 증오와
전율과 공포와 강제된 쓰라린 노고
그리고 북극의 지축에 걸린 태양과 같이
나의 심장은 이제 언 붉은 한 덩어리에 지나지 않게 되리라.

던져지며 떨어지는 장작더미 하나하나를 나는 떨면서 듣노니
세워진 단두대의 울음조차 이렇듯 둔탁하지않다.
나의 정신은 성문을 파괴하는 무거운 쇠망치를 얻어 맞고
허물어지는 성탑과도 같아라.

이 단조로운 충격에 내 몸은 흔들리어
어디선가 관에다 서둘러 못질하고 있는 듯 하다.
누구를 위하여?——어제는 여름이었으나 이제는 가을!
이 정체를 알 수 없는 소리는 어디엔가 문밖

◇보들레르는 마지막 시집인 「악의 꽃」을 출판하여 양속을 해치는 작품으로 지목받아 벌금형을 받았다. 그의 시는 한결같이 암울한 그의 운명에 대한 반항정신이 주조를 이루고 있다. 이 시도 역시 그러한 그의 시풍을 잘대변해 주고 있는 작품이다.

에 나서기를 예고하고 있는 듯하다.

2

나는 사랑한다, 네 길다란 눈, 그 초록빛 뛴
빛을.
상냥하고 아름다운 사람이여, 이제 내게는 모
든 것이 흥미 없다.
그 어떤 것도, 그대의 사랑도 침실도 또 난로
도
해변에 빛나는 태양보다 낫게 생각되지 않는
다.

그래도 상냥스러운 사람이여 ! 역시 나를 사
랑해 주오.
비록 내가 은혜를 모르는 자요 심술장이라도
내 어머니가 되어 다오.
연인이면서 누이동생이기도 한 사람이여, 비록
순식간에 사라지기는 하더라도
석양의 상냥스러움, 빛나는 가을의 상냥스러
움이 되어 다오.

얼마 남지 않은 노력 ! 무덤이 기다리고 있나
니, 탐욕스러운 무덤이다 !
아아 ! 당신의 무릎에 이마를 기댄 채 나로 하
여금
한껏 잠기게 해 다오, 백열의 여름을 그리워
하며
만추의 날 그 상냥스러운 황색 광선 속에서 !

신천옹(信天翁)

흔히 뱃사공들은 장난삼아서
크나큰 바다의 새, 신천옹을 잡으나
깊은 바다에 미끄러져 가는 배를 뒤쫓는
이 새는 나그네의 한가로운 벗이라.

갑판위에 한번 몸이 놓여지면
이 창공의 왕은 서투르고수줍어
가엾게도 그 크고 하얀 날개를
마치도 옆구리에 노처럼 질질 끈다.

날개 돋친 이 손길, 얼마나 어색하고 기죽었는가!
멋지던 모습 어디 가고, 이리 우습고 초라한가!
어떤 이는 파이프로 그 부리를 지지고
어떤 이는 절름절름 날지 못하는 병신을 흉내낸다.

시인 또한 이 구름의 왕자와 비슷한 존재,
폭풍 속을 넘나들고 포수를 비웃지만
땅 위에 추방되면 놀리는 함성 속에
그 크나큰 날개는 오히려 걸음을 막고 만다.

◇이 시는 보들레르가 남해(南海)로 여행을 떠났다가 모리스섬까지 갔던 기억 속에서 씌어진 작품이다.

교감(交感)

자연은 신전, 그 살아 있는 기둥들에서
이따금 어렴풋한 말들이 새어 나오고,

◇보들레르는 항상 신과 인간의 중간 지점에 자신이 서

사람은 상징의 숲들을 거쳐 거기를 지나가고,
숲은 다정한 눈매로 사람을 지켜본다.

멀리서 아련히 어울리는 메아리처럼
밤처럼 광명처럼 한없이 드넓은
어둡고도 깊은 조화의 품안에서
향기와 색채와 음향은 서로 화합한다.

어린애의 살결처럼 신선스럽고
오보에처럼 보들하며, 목장처럼 푸른 향기 어리고
—또 한 편엔 썩고 푸짐한 승리의 향기 있어,

용연향, 사향, 안식향, 훈향처럼
무한한 것으로 번져 나가서
정신과 감각의 환희를 노래한다.

있다고 믿었다. 그러면서도 그는 항상 자신에게 주어진 불행한 운명에 대해 불만을 가지고 있었다. 이러한 그의 내적 갈등이 시 속에서 암울한 형상으로 빛나고 있다.

이방인

—너는 누구를 가장 사랑하느냐? 수수께끼와 같은 사람아 말하여 보라. 너의 아버지냐, 또는 형제 자매이냐?
—내게는 부모도 형제 자매도 있지 않다.
—그러면 너의 친구냐?
—지금 나는 뜻조차 알 수 없는 어휘를 쓰고 있다.
—그러면 너의 조국이냐?
—그것이 어느 위에도 자리하고 있는지 나는 모른다.

◇이 시는 보들레르 자신의 처지에 대한 고뇌의 물음이다. 이 시의 제목인 '이방인'은 다른 사람이 아닌 바로 보들레르 자신이다. 떠돌이 생활 속에서도 늘 그는 자신의 운명에 대해 심각할 정도로 번민하고 있었다. 이 시는 그러한 내적 갈등의 표현이다.

—그러면 아름다운 여인이냐?
—아아, 만일 불사의 여신이라면, 나는 그를
  사랑할 수도 있으련만.
—그러면 돈이냐?
—나는 그것을 가장 싫어한다. 마치 네가 신
  을 미워하고 있는 것처럼.
—그러면 너는 무엇을 사랑하느냐?
  세상에서도 보기 드문 에뜨랑제여!
—나는 저 구름을 사랑한다…저 유유하게 흘
  러가는 구름을 사랑한다…보라, 다시 보라.
  저 불가사이한 몽롱한 구름을.

구르몽

낙 엽

시몬, 나무 잎새 떨어진 숲으로 가자.
낙엽은 이끼와 돌과 오솔길을 덮고 있다.

시몬, 너는 좋으냐? 낙엽 밟는 소리가.

낙엽 빛깔은 정답고 모양은 쓸쓸하다.
낙엽은 버림받고 땅위에 흩어져 있다.

시몬, 너는 좋으냐? 낙엽 밟는 소리가.

해질 무렵 낙엽 모양은 쓸쓸하다.
바람에 흩어지며 낙엽은 상냥히 외친다.

시몬, 너는 좋으냐? 낙엽 밟는 소리가.

◇프랑스의 서정시인이며 평론가인 구르몽(Rémy de Gourmont 1858~1916)의 대표작으로서는 역시〈낙엽〉과〈눈〉을 들 수 있다. 속삭이는 듯한 은은한 율조가 그의 시의 특징을 이루고 있다. 시상(詩想)의 전개가 부드럽고, 아름다운 음률이 감미롭기 때문에 특히 애상적이고 감상적인 소년·소녀들에게 많이 애송되어지고있다.

발로 밟으면 낙엽은 영혼처럼 운다.
낙엽은 날개 소리와 여자의 옷자락 소리를 낸
다.

시몬, 너는 좋으냐? 낙엽 밟은 소리가.
가까이 오라, 우리도 언젠가는 낙엽이니
가까이 오라, 밤이 오고 바람이 분다.

시몬 너는 좋으냐? 낙엽 밟은 소리가.

눈

◇하얗게 내려 쌓이는 눈을 보면서 소녀의 아름다움을 되살리는 시인의 정감이 잘 드러나 있는 시이다.

시몬, 눈은 그대 목처럼 희다.
시몬, 눈은 그대 무릎처럼 희다.

시몬, 그대 손은 눈처럼 차갑다.
시몬, 그대 마음은 눈처럼 차갑다.

눈은 불꽃의 입맞춤을 받아 녹는다.
그대 마음은 이별의 입맞춤에 녹는다.

눈은 소나무 가지 위에 쌓여서 슬프다.
그대 이마는 밤색 머리칼 아래 슬프다.

시몬, 그대 동생인 눈은 안뜰에 잠잔다.
시몬, 그대의 나의 눈, 또한 내 사랑이다.

엘뤼아르

자 유

내 학생 때 공책 위에
내 책상이며 나무들 위에
모래 위에도 눈 위에도
나는 네 이름을 쓴다

읽어본 모든 책상 위에
공백인 모든 책장 위에
돌, 피, 종이나 재 위에도
나는 네 이름을 쓴다

숯칠한 조상들 위에
전사들의 무기들 위에
왕들의 왕관 위에도
나는 네 이름을 쓴다

밀림에도 사막에도
새 둥지에도 금송화에도
내 어린 날의 메아리에도
나는 네 이름을 쓴다

밤과 밤의 기적 위에
날마다의 흰 빵 위에
약혼의 계절들 위에
나는 네 이름을 쓴다

내 하늘색 누더기 옷들에
곰팡난 해가 비친 못 위에
달빛 생생한 호수 위에
나는 네 이름을 쓴다

◇이 시는 엘뤼아르(PaulEluard 1895～1952)의 대표작이다. 엘뤼아르는 스페인의 동란 이후 뒤늦게 정치적인 움직임에 참여한 시인이다. 그의 시의 특징은 주로 영원한 이데아를 그리는 듯한 신앙적인 기도와같은 사랑의 노래라는 점이다. 의지에 구속되지 않은 무의식의 세계에 잠입해 있는 것이 바로 엘뤼아르의 시세계인 것이다.

들 위에 지평선 위에
새들의 날개 위에
그림자들의 방앗간 위에
나는 네 이름을 쓴다

새벽이 내뿜는 입김 위에
바다 위에 또 배들 위에
넋을 잃은 멧부리 위에
나는 네 이름을 쓴다

구름들의 뭉게거품 위에
소낙비의 땀방울들 위에
굵은 또 김빠진 빗방울에도
나는 네 이름을 쓴다

반짝이는 형상들 위에
온갖 빛깔의 종들 위에
물리적인 진리 위에
나는 네 이름을 쓴다

잠깨어난 오솔길들 위에
뻗어나가는 길들 위에
사람 넘쳐나는 광장들 위에
나는 네 이름을 쓴다

켜지는 램프 불 위에
꺼지는 램프 불 위에
모여앉은 내 집들 위에
나는 네 이름을 쓴다.

거울의 또 내 방의
둘로 쪼개진 과실 위에
속 빈 조가비인 내 침대 위에
나는 네 이름을 쓴다

주접떠나 귀여운 내 개 위에
그 쭝긋 세운 양쪽 귀 위에
그 서투른 다리 위에
나는 네 이름을 쓴다

내 문턱의 발판 위에
정든 가구들 위에
축복받은 넘실대는 불길 위에
나는 네 이름을 쓴다

사이좋은 모든 육체 위에
내 친구들의 이마 위에
내미는 손과 손마디에
나는 네 이름을 쓴다

놀란 얼굴들의 유리창 위에
침묵보다도 훨씬 더
조심성 있는 입술들 위에
나는 네 이름을 쓴다

파괴된 내 은신처들 위에
허물어진 내 등대들 위에
내 권태의 벽들 위에
나는네 이름을 쓴다　나는

욕망도 없는 부재 위에
벌거숭이인 고독 위에
죽음의 걸음과 걸음 위에
나는 네 이름을 쓴다

다시 돌아온 건강 위에
사라져 간 위험 위에
회상도 없는 희망 위에
나는 네 이름을 쓴다

그리고 한 마디 말에 힘입어
나는 내 삶을 되시작하니
너를 알기 위해 나는 태어났다
네 이름 지어 부르기 위해

오 자유여

연 인

그녀는 내 눈꺼풀 위에 서 있다.
그리고 그녀의 머리카락은 내 머리카락 속에
있다.
그녀는 내 손 모양을 하고 있다.
그녀는 내 눈 색깔을 하고 있다.
그녀는 내 그림자 속으로 사라져 버린다.
마치 하늘에 던져진 돌처럼

그녀는 눈을 언제나 뜨고
나를 잠자지 못하게 한다.
환한 대낮에 그녀의 꿈은

◇사랑하는 사람들은 언제나 일심동체가 된다는 것을 강조한 시이다. 이 시 역시 엘뤼아르의 시풍이 잘 드러나 있는 작품이다.

태양을 증발시키고
나를 웃기고, 울리고, 웃기고,
할 말이 없는 데도 말하게 한다.

아뽈리네르

이　별

그들의 얼굴은 파랗고
그들의 흐느낌은 꺾이었네.

해맑은 꽃잎에 쌓인 눈, 아니
입맞춤에 떨리는 그대의 손길처럼
가을 잎은 말없이 떨어지고 있네.

종

집시의 미남 내 애인이여!
귀를 기울여요 종소리가 울려요,
우리는 서로 정신없이 사랑했었어요.
아무도 보지 않는 줄 믿고서

그러나 우리는 잘 숨지 못했어요.
주위의 모든 종들이
높은 종각에서 우리를 봤어요,
모든 사람들에게 그대로 말할는지 몰라요.

내일이면 시쁘리앙과 앙리
마리 위르쉴과 까뜨린느

◇ 낙엽을 보면서 이별을 아쉬워하는 시인의 정서가 잘 드러나 있는 작품이다. 프랑스의 시인인 아뽈리네르(Guillaume Apollinaire 1880~1918)는 원래 폴란드인을 부모로 로마에서 태어났다. 모나코·니이스에서 공부를 하였고, 1903년 「에조쁘의 향연」이라는 잡지를 창간하면서부터 본격적인 문학활동을 시작하였다. 서정적이면서도 감상적인 애조가 깃들어 있는 것이 바로 그의 시의 특징이다.

◇ 이 시의 주제는 종각 위에 매달린 종을 통하여 그리운 사람에게로 띄우는 사랑의 확인이다.

빵집 마님과 남편
그리고 나의 사촌누이 젤트뤄드가

미소를 지을 거예요, 내가 지나가면
그럼 나는 몸들 곳을 모를 거예요.
당신은 멀리 있고 나는 울 거예요.
어쩌면 울다 죽을 거예요.

미라보 다리

미라보 다리 아래 세느 강은 흐르고
우리네 사랑도 흘러 내린다.

내 마음 속에 깊이 아로새기리
기쁨은 언제나 괴로움에 이어옴을.

밤이여 오라 종아 울려라.
세월은 가고 나는 머문다.

손에 손을 맞잡고 얼굴을 마주 보면
우리네 팔 아래 다리 밑으로
영원의 눈길을 한 지친 물살이
저렇듯이 천천히 흘러내린다.

밤이여 오라 종아 울려라.
세월은 가고 나는 머문다.

사랑은 흘러 간다 이 물결처럼.
우리네 사랑도 흘러만 간다.

◇전 세계적으로 가장 많은 독자들로부터 애송되어지고 있는 시이다. 율감(律感)에 뛰어난 시인의 대표작이다.

어쩌면 삶이란 이다지도 지루한가
희망이란 왜 이렇게 격렬한가.

밤이여 오라 종아 울려라.
세월은 가고 나는 머문다.

나날은 흘러가고 달도 흐르고
지나간 세월도 흘러만 간다.
우리네 사랑은 오지 않는데
미라보 다리 아래 세느 강이 흐른다.

밤이여 오라 종아 울려라.
세월은 가고 나는 머문다.

발레리

해변의 묘지(墓地)

내 넋이여, 영생을 바라지 말고
가능의 영역을 파고 들라.
—핀다로스 《승리의 축가》 3

비둘기들이 걷는, 저 조용한 지붕이,
소나무들 사이, 무덤들 사이에 꿈틀거리고,
올바름인 정오가 거기서 불꽃들 가지고
바다를 만든다, 노상 되시작하는 바다를!
오, 신들의 고요에 쏠린 얼마나 오랜 시선
한 줄기 생각 끝에 오는 보수!

잘다란 섬광들의 얼마나 순수한 노력이

◇발레리(Paul Valéry 1871~1945)는 순수시의 세계를 창조하려고 노력하였던 프랑스의 시인이다. 이 시〈해변의 묘지〉는 그의 수작(秀作)이다.

자디잔 거품의 무수한 금강석을 태워 없애는
가,
또 얼마나 아늑한 평화가 잉태되는 것 같은가!
하나의 태양이 심연 위에 쉴 때는,
영구 원인이 낳은 두 가지 순수 작품,
시간은 반짝이고 꿈은 바로 인식.

굳건한 보배여, 미네르바의 조용한 신전이여,
고요의 더미여, 눈에도 보이는 저장이여,
눈살 찌푸린 물이여, 불꽃의 베일 아래
그 많은 잠을 속에 간직한 눈이여,
오, 나의 침묵! ……넋 속의 건축이여,
그러나 기왓장도 무수한 황금의 꼭대기, 지붕
이여!

단 하나의 한숨으로 줄어드는, 시간의 신전이
여,
이 순수한 지점에 나는 올라가 익숙해진다.
바다를 내다보는 나의 시선에만 둘러싸여서,
그리고 신들에게 바치는 나의 최고의 제물인
양,
맑은 반짝임이 더할 나위 없는 경멸을
바다 깊이 뿌려댄다.

과일이 즐거움 되어 녹아들듯이,
제 모습이 죽어가는 어느 입 속에서
과일이 제 부재를 기쁨으로 바꾸듯이,
나는 여기서 미래의 내 연기를 들이마시고,
하늘은 타 없어진 넋에 노래해 준다.
웅성대는 해변들의 변화를.

아름다운 하늘, 참된 하늘아, 변하는 나를
　보라!
그 숱한 자만 끝에, 이상야릇하면서도
능력이 넘치는 그 숱한 무위 끝에 나는,
이 빛나는 공간에 몸을 내맡기고,
내 그림자는 죽은 이들의 집을 지나가며
제 가냘픈 움직임에 나를 길들인다.
넋은 중천의 횃불에다 내맡기고 나는,
너를 지탱한다, 사정 없는 화살들 지닌
빛의 탄복할 만한 올바름이여!
나는 너를 깨끗이 물려 준다, 너의 첫 자리
　로.
너 자신을 바라보라!……한데 빛을 돌려
　주면
그림자의 어두운 반쪽도 따르게 마련.

오, 나만을 위해, 나에게만, 나 자신 속에서,
하나의 마음 곁에서, 시의 샘물들에서,
공허와 순수 결말 사이에서,
나는 기다린다, 나의 위대한 내면의 메아리
　를,
노상 미래인 빈 속을 넋 속에서 울리는,
씁쓸하고 어둡고 소리 잘 나는 우물을!

너는 아는가, 잎가지들의 가짜 포로여,
이 앙상한 철책을 갉아먹는 물굽이여,
감겨진 내 눈 위의 눈부신 비밀들이여,
어떤 육신이 저 게으른 종말로 나를 끌고 가는
　가를,
어떤 이마가 그 육신을 이 피투성이 땅으로 끌

어당기는가를 ?
한 가닥 섬광이 거기서 나의 부재자들을 생각한
다.

물질 없는 그런 불로 가득 차, 빛에 바쳐진,
막히고, 거룩한, 대지의 조각, 횃불들이 다스
리는 곳,
금빛과 돌과 침침한 나무들로 이루어지고,
숱한 대리석이 숱한 그림자들 위에서 떠는 이곳,
이곳이 나는 마음에 든다.
충실한 바다가 여기서 잔다, 내 무덤들 위에서.

찬란한 암캐여, 우상 숭배자를 멀리하라 !
목동의 미소 지닌 내가 외로이,
신비의 양들을, 나의 고요한 무덤들의 흰 양떼
를
오래오래 먹이고 있을 때는,
멀리하라 조심스러운 비둘기들을,
헛된 꿈들을, 호기심 많은 천사들을 !

여기에만 오면, 미래는 게으름.
산뜻한 곤충은 메마름을 긁어대고,
모두가 타고, 허물어져 대기 속에 흡수된다.
뭔지 모를 가혹한 에센스 되어 ……
부재에 도취하면 삶은 한없이 드넓고,
쓴맛이 달고, 정신은 맑다.

죽은 이들은 숨겨져 바로 이 땅 속에 있고
땅은 그들을 다시 데워 그들의 신비를 말린다.
정오는 저 높은 데서, 정오는 움직이지도 않고

자신 속에서 자신을 생각하며 자기 자신에 흡
  족하니……
완벽한 머리와 완벽한 왕관이여,
당신 속에 있는 나는 은밀한 변화.

당신의 걱정들을 감당해 내는 것은 나 하나뿐!
나의 뉘우침이여 의혹이며 속박들은
당신의 커다란 금강석의 흠집이고……
그러나 나무뿌리들 아래 희미한 백성들은,
대리석들로 무거워진 어둠 속에서
이미 서서히 당신에게 가담했다.

그들은 두꺼운 부재 속으로 녹아들었고,
붉은 찰흙은 흰 종족을 마셔 버렸고,
삶의 선물은 꽃들 속으로 옮아갔으니!
죽은 이들의 그 단골 말투들이며, 저마다의 재치.

그 독특한 마음씨들은, 지금 어디 있는가?
눈물 생겨나던 그곳엔 지금 구더기가 기어 다
  닌다.

간지럼 먹은 처녀들의 킬킬거림,
그 눈들이며 이빨들이며 젖은 눈까풀들,
불꽃과 희롱하는 매혹의 젖가슴,
응하는 입술들에 반짝거리는 핏발,
마지막 선물들, 그것을 감싸는 손가락들,
모두가 땅밑으로 가 윤회 생사로 돌아간다!

위대한 넋이여, 너는 그래도 바라겠는가
물결과 금빛이 여기서 육신의 눈앞에 빚어내

는
이 거짓 빛깔들을 갖지 않을 그러한 꿈을?
네 몸이 안개가 되어도 노래할 생각인가?
아! 모두가 도망친다! 나의 존재는 잔구멍투
성이,
거룩한 조바심 또한 죽어가고!

검고 금빛인 파리한 영생이여,
죽음을 엄마의 젖가슴으로 삼는,
끔찍스레도 월계관을 쓴 위안자여,
아름다운 거짓말, 경건한 속임수여!
이 텅 빈 머리통과 이 영원한 웃음을
누가 알지 못하고 누가 거부하지 않으랴!

그 숱한 삽질의 흙무게 아래서,
흙이 되어 우리의 발걸음도 분간 못하는,
깊은 곳의 조상들, 텅 빈 머리들이여,
정말로 좀 먹는자, 어쩔 도리 없는 벌레는
묘석 아래 잠든 당신들 위해 있지는 않아,
생명을 먹고 살고, 나를 떠나지 않는다!

나 자신에 대한 사랑인가, 아니면 미움인가?
그 숨은 이빨로 바로 내 가까이에 있어
온갖 이름이 다 어울릴 수 있을 정도!
상관 없어! 그 벌레는 보고, 바라고, 꿈꾸고,
만지고!
내 살을 좋아하니, 내 잠자리에서까지도,
나는 이 생물에 딸려 살고 있는 걸!

제논! 잔인한 제논! 엘레아의 제논이여! !

그 바르르 떠는, 날면서도 날지 않는
날개 돋친 화살로 너는 나를 꿰뚫었는가!
그 소리는 나를 낳고 화살은 나를 죽인다!
아! 태양…… 잰걸음에도 꼼짝 않는 아킬레스,
이 넋에 이 무슨 거북 그림자!

아니다!…… 서라! 잇닿은 시대 속에서!
깨뜨리라, 나의 육체여, 이 생각하는 형체를!
마시라, 나의 가슴이여, 바람의 탄생을!
바다에서 발산하는 시원한 기운이, 나에게
내 넋을 돌려 준다…… 오, 짭짤한 힘이여!
파도로 달려가 거기서 힘차게 솟구쳐 오르자!

그렇다! 광란을 타고난 크나큰 바다여,
태양의 무수한 그림자들로 얼룩진
희랍 망토여, 표범의 털가죽이여,
침묵을 닮은 야단법석 속에서
번쩍이는 제 꼬리를 물어뜯고,
제 푸른 살에 도취해, 날뛰는 히드라여,

바람이 인다!…… 살아보도록 해야지!
대기가 내 책을 열었다간 다시 닫고,
박살난 파도가 바위들로부터 마구 솟구치니,
날아가라, 온통 눈부신 책장들아!
파도여 부수라! 흥겨운 물결들로 부수라
삼각돛들이 모이 쪼던 저 조용한 지붕을!

브르통

자유 결합

불붙은 나뭇개비 같은 머리의 내 아내
여름의 소리없는 번개 같은 생각들 지닌
모래 시계의 동체 지닌
호랑이 이빨에 물린 수달의 동체 지닌 내
  아내
리번의 꽃매듭 같은 별들의 마지막 꽃불
  같은입 가진 내 아내
눈 위의 새앙쥐 발자국 같은 이빨 가진 내
  아내 호박 같은 닦은 유리 같은 혀
칼로 찌른 성체 빵 같은 혀를 가진 내 아내
눈을 떴다 감았다하는 인형 같은 혀
믿어지지 않는 보석 같은 혀
아이의 막대기 글씨 같은 속눈썹의 내 아내
제비 보금자리의 언저리 같은 눈썹
온실 지붕의 슬레이트 같은 유리창의 김 같은
관자놀이의 내 아내
얼음장 같은 돌고래의 머리 있는 샘 같은
샴페인 아래 어깨 지닌 내 아내
성냥개비처럼 가느다란 손목의 내 아내
마음의 우연과 주사위의 그 손가락
자른 건초 같은 손가락 지닌 내 아내
담비 같고-성 요한 축일 밤의
너도밤나무 열매 같은 겨드랑이
쥐똥나무 같고 조개집 같은 겨드랑이의 내아내
바다와 수문의 물거품 같은
밀과 방앗간의 범벅 같은 두 팔
물레가락 같은 다리 가진 내 아내
시계점과 절망의 동작을 가진
말오줌나무의 속살 같은 종아리의 내 아내
열쇠 꾸러미 같은 발, 술 마시는 배의 틈막이

◇ 브르통(André Breton 1896~1970)은 프랑스 탕쉬브레에서 태어나 보들레르와 말라르메 등의 상징파 시인들의 영향을 받고 시인(詩人)에의 길로 들어섰다. 〈자유 결합〉은 브르통의 대표작으로, 여인에 대한 찬미가 그 주제를 이루고 있다.

　직공들의 발을 가진
찧지 않은 보리 같은 목 가진 내 아내
바로 영울 바닥에서 랑데부하는
황금 계곡 같은 목구멍 가진 내 아내
밤 같은 젖가슴 가진
바다의 두더지 집 같은 젖가슴의 내 아내
루비 도가니 같은 젖가슴의 내 아내
이슬 맞은 장미꽃의 스펙트럼 같은 젖가슴의내
　아내
펼친 부채 같은 배 가진
거인의 발톱 같은 배 가진 내 아내
수직으로 도망치는 새 같은 등 가진 내 아내
수은 같은 등
빛과 같은 등
굴러 떨어지는 돌 같고 젖은 백묵 같고
금방 마신 유리컵이 떨어지는 것 같은 목덜미
　가진
곤돌라 같은 허리 가진 내 아내
샨데리야 같고 화살의 깃털 같고
흰 공작의 날개죽지 같은
움직이지 않는 천평 같은 그 허리
사암과 석면의 엉덩이 가진 내 아내
백조의 등 같은 엉덩이의 내 아내
글라디오라스의 성기 가진
금광석과 오리 너구리 같은 성기 지닌 내 아내
태초와 옛날 봉봉과자 같은 성기 지닌 내아내
거울 같은 성기 지닌 내 아내
보라빛 갑주 같은 자침 같은 그 눈
사바나 같은 눈 가진 내 아내
감옥에서 마실 물 같은 눈 가진 내 아내

노상 도끼 아래 있는 나무 같은 눈의 내 아내
물 공기 땅 불과 같은 높이의 눈 가진

프레베르

고엽(枯葉)

기억하라 함께 지낸 행복스런 나날을.
그 때 태양은 훨씬 더 뜨거웠고
인생은 훨씬 더 아름답기 그지 없었지.
마른 잎을 갈퀴로 긁어 모으고 있다.
나는 그 나날들을 잊을 수 없어…
마른 잎을 갈퀴로 긁어 모으고 있다.
모든 추억도 또 모든 뉘우침도 함께
북풍은 그 모든 것을 싣고 가느니
망각의 춥고 추운 밤 저편으로
나는 그 모든 것을 잊을 수 없었지.
네가 불러 준 그 노랫소리
그건 우리 마음 그대로의 노래었고
너는 나를 사랑했고 나는 너를 사랑했고
우리 둘은 언제나 함께 살았었다.
하지만 인생은 남 몰래 소리도 없이
사랑하는 이들을 갈라 놓는다.
그리고 헤어지는 연들의 모래에 남긴 발자취를
　물결이 지운다.

◇이 시는 프랑스의 시인 프레베르(Jacques Prévert 1900～)의 대표작 중의 한 편이다.

바르바라

기억해보렴 바르바라여
그 날 브레스트에는

◇이 시도 〈고엽〉과 더불어 프레베르의 대표작 중의 한 편이다.

비가 내리고 있었지.
너는 미소를 띠고
활짝 개인 기쁨의 얼굴로 미끌어지듯
비를 맞으며 걷고 있었지.
브레스트에는 계속 비가 내리고 있었고
내가 너를 마주친 곳은 시암거리리였어.
네가 웃음을 짓자
나도 같이 웃게 되었지.
기억해보렴 바르바라여
내가 모르고 있었던 너
나를 모르고 있었던 너
기억해보렴
그날을 그래도 기억해보렴
잊지 말아다오.
어느 집 추녀 밑에서 비를 피하고 있던
한 남자를.
그가 너의 이름을 소리쳐 불렀지
바르바라
너는 비를 맞으며 그를 향해 달려갔지
미끌어지듯 기쁨에 넘쳐서
너는 그의 품에 뛰어 들었지.
기억해보렴 바르바라여
내가 반말을 한다고 해서
서운하게 생각하지는 않겠지.
나는 한 번밖에 못 본 사람이라도
내가 사랑하는 모든 사람들에게는
너라고 부르고
서로 사랑하는 모든 애인들에게
그들을 모르면서도
너라고 부른단다.

기억해보렴 바르바라여
잊지 말아다오
정결하고 행복하게 내리던 비를.
너의 행복한 얼굴 위에
그 행복한 도시 위에
바다 위에
해군기지 위에
웨쌍의 선박 위에 내리던 비를.
오, 바르바라여
전쟁이란 얼마나 바보 같은 짓인가.
칼의 빗줄기 속에서
강철과 피의 빗줄기 속에서
너는 이제 어떻게 되었는가.
품속에 사랑스러운 너를
껴안고 있었던 남자는,
그는 죽었는가 사라졌는가
아니면 아직 살아 있는가.
오, 바르바라여
지금도 브레스트에는
전에 내리던 비처럼
끊임없이 비가 내리건만
비는 전과 같지 않아.
모든 것은 다 부서져 버렸어.
무섭고 슬픈 죽음의 비만 내리고
칼과 강철과 피의 폭풍우도 사라져
다만 개처럼 쓰러지는 구름들 뿐.
브레스트에 내리는 빗줄기 따라
사라져버려
브레스트에서 멀리 아주 멀리
떠나가 죽어 썩으면

흔적도 남지 않는 그런 개들처럼.

셸 리

비 탄

오 세상이여! 오 인생이여! 오 시간이여!
나 이제 인생길 마지막 고개에 기어올라
옛 섰던 자리 굽어보고 소스라친다.
그대 청춘의 영광 그 언제 다시 돌아 오려나
아! 이제는
이제는 다시 아니 오리.

낮과 밤에서
기쁨은 달아나고
새 봄도 여름도 서리 흰 겨울도
내 연약한 가슴 구슬피 설레게 할지언정
아! 이제는
이제는 다시 아니 오리.

◇셸리(Percy Bysshe Shelley 1792~1822)는 영국 낭만파의 대표적인 시인으로 인간성에 대한 사랑과 아름다움에 대한 감수성이 누구보다 풍부하였다. 이 시 〈비탄〉은 인생의 허무를 노래한 작품이다.

음 악 은

음악은, 그 부드러운 음성이 사라져 버릴 때,
추억 속에서 진동하고
향기는 감미로운 오랑캐꽃이 병들었을 때,
그 향기가 깨우친 감각 속에 살아 남는다.

장미 꽃잎은, 장미가 죽었을 때,

◇인간은 현실의 직시와 그 느낌보다는 항상 지나가버린 과거에 대한 향수에 더 매력을 느낀다. 이 시는 바로 그러한 여운에 대한 감정을 노래하고 있다.

사랑하는 임의 침상에 쌓인다.
그대 가고 없는 날의 그대 생각도 이와 같을지
니,
사랑 그 자체가 그 위에 잠들으리.

릴리엔크론

그 말이 나는 잊혀지지 않는다

슬프고 무겁게 들리던
그 말이 나는 잊혀지지 않는다.
내 목소리는 울음에 섞이었다.
「당신은 벌써 사랑해 주시질 않아요」

황혼은 들에 떨어져
하룻날의 남은 별이 그윽히 비친다.
먼 수풀 깃을 찾아
까마귀 떼도 달아 가 버렸다.

이제 두 사람은 멀리 헤어져 있어
다시 만날 그런 날조차 없으리라
그 말이 나는 잊혀지지 않는다.
「당신은 벌써 사랑해 주시질 않아요」

◇ 릴리엔크론(Detlev von Liliencron 1844~1909)은 독일의 인상주의 서정시인이다. 그의 작품은 주로 서정적이면서도 인상적인 면이 강하다.

위 고

올랭피오의 슬픔

어두운 들은 아니었다, 암울한 하늘은 아니었
다.
아니, 아침 해는 빛나고 있었다, 끝없는 하늘
에
누워 있는 대지에.
하늘은 향기로 목장은 초록으로 가득 차 있었
다.
일찌기 정열이 그렇듯 마음을 상처내 주던 여
기에
내가 다시 찾아왔을 때에!

가을은 미소짓고 있었다. 언덕은 평지를 향하
여
단풍이 들기 시작하는 아름다운 숲을 기울고
있었다.
하늘은 황금빛이었다.
새들은 만물이 사모하여 부르는 하느님을 향
해
모름지기 인간이 무슨 말인지 말하며 노래한
거룩한 가락에 맞춰 노래했다!

그는 다시 한 번 모든 것이 보고 싶었다.
숲속의 샘과 주머니 털어 적선하던 그 오두막
집
가지 숙인 이 늙은 물푸레나무
숲 속의 눈에 뛰지 않는 사랑의 은신처
일체를 잊고 두 영혼이 용해될 때까지 그 속에
서
입맞추던 나무 구멍을!

◇위고(Victor Hugo1802~1885)는 프랑스가 낳은 가장 '웅변적인 시인'이다. 그의 시는 낭만적이면서도애정적이다. 이 시에서 '올랭피오'는 '올림포스 산'을 뜻한다. 이 시는 프랑스 시 가운데서 최고의 걸작으로 꼽힌다.

그는 찾았다, 마당을 또 외딴 집을.
오솔길을 내려다보는 문의 철책과
경사진 과수원을
그는 창백하게 걷는다—무겁게 딛는 발자취
  따라
그는 본다, 아아! 하나하나의 나무에서 일어
  나는
지나간 날의 망령들!

그는 듣는다, 숲에서 그 부드러운 바람이 살
  랑이고
바람은 마음 속의 모든 것을 떨게 하면서
마음에 사랑을 불러일으키고
떡갈나무를 뒤흔들며 장미를 스쳐
하나하나의 사물 위에 깃들려 하는
만물의 혼인가 여겨진다!

쓸쓸한 숲에 떨어지고 있는 나뭇잎은
그의 발 밑에서 땅으로부터 날아 오르려고
마당 한가운데를 달린다.
우리의 추억 역시 그와 같이 때에 따라 혼이
  침참하게 될 때
상한 날개로 한 차례 날아 오르고서는
즉시 땅에 떨어지고 만다.

그는 오래 바라보았다, 평화로운 들판에 자연
  이
장엄한 형태로서 나타나 있는 것을
그는 저녁 때까지 꿈에 잠겼다.
하루 종일 그는 방황했다, 골짜기의 물을따라

하늘의 숭고한 얼굴과 호수의 맑은 거울을
하나하나 모두 찬미하면서 !

아아 ! 생각나는 감미로운 사랑의 모험.
천한 종처럼 들어가지도 못하고 울타리 너머
로
모양을 살펴보면서
그는 온종일 방황했다. 밤이 날개펼 무렵
그는 느꼈다, 무덤과 같이 쓸쓸한 마음을
그리고 외쳤다 —

"오오, 이 서글픔 ! 혼의 착란. 나는 알려했다.
정열의 액은 어느 만큼 아직 이 병에 남았는지.
나는 보려했다, 내 마음이 여기에 남긴 것 들
을
이 행복의 골짜기가 어떻게 처리했는지를 !

모든 것을 바꾸기에는 실로 짧은 세월로 족하
다 !
신선한 표정의 자연, 어찌 너는 빨리 잊고 마
는가 !
그 탈바꿈 사이사이에 왜 무참히 자르는가
우리의 마음이 맺어져 있는 신비의 실을 !

우리 둘이 묵던 나뭇잎 방은 숲이 되었다 !
우리 둘의 머리글자를 새긴 나무는 말라 버렸
는가 쓰러졌는가 ?
우리 둘이 키운 정원의 장미는 도랑을 넘어
놀러 오는 아이들 발굽에 망가지고 말았다.

샘은 돌담에 쌓였다. 무더운 오후 숲에서 내
  려와
장난스럽게 그녀가 마시던 샘물
손바닥에 물을 떴었지, 아아 귀여운 요정이여,
그리고 흘렸지, 손가락 사이로 예쁜 진주를!

길은 험해져 울퉁불퉁 돌이 삐졌다. 지난 날에
  는
깨끗한 모래길이었다—거기 또렷이 박힌
그녀의 작은 발이 그것보다 너무나 큰 대조를
귀엽게 웃는 듯 보였다. 내 발과 나란히 서서!

헬 수 없는 세월을 겪은 길가의 바위
일찌기 나를 기다리기 위해 그녀가 앉았던 곳
그 돌 역시 닳아졌다, 저녁 길에
삐걱거리며 굴러 가는 수레바퀴에,
숲은 이쪽이 줄어들었고 퍼졌다.
우리 둘의 것이었던 모든 것에서 살아 있는 것
  이란 아무것도 없다.
불이 꺼져 싸느랗게 된 잿더미처럼
수많은 회상은 바람따라 없어진다!

우리 둘은 이미 존재하지 않은가, 우리의 때는
  지나갔는가?
오고가는 그 때는 아무리 소리쳐도 헛되단 말
  인가?
내가 울고 있는 것을 보면서 바람은 나무가지
  와 희롱하고
집은 모르는 듯한 표정으로 나를 바라본다.

우리 둘이 있던 곳에는 다른 사람이 머물리라.
우리 둘이 오던 여기에 이제 다른 사람이 오리라.
일찌기 우리 둘의 혼이 꾸기 시작한 꿈을
이제는 그들이 보리라, 영원히!

아무도 이 세상에서는 모두 다 볼 수 없는 것이니.
인간의 가장 나쁜 점도 가장 좋은 사람처럼
우리 모두는 같은 곳에서 꿈을 깨어난다.
모든 것은 이 세계에서 시작되고 모든 것은 저쪽에서 끝난다.

그렇다, 다른 사람들, 흠없는 남녀가 찾아 오리라.
이 행복하고 한적한 매혹의 안식처에서
호젓한 사랑에 섞여지는 자연 풍물의
몽상과 장엄 모든 것을 걸어 올리리라!

우리의 들과 오솔길과 은신처를 다른 사람들이 차지하리라.
내 사랑하는 이여, 네 숲은 낯선 남녀의 것이 되리라.
체면을 모르는 여자들이 목욕하러 와서
네 맨발이 닿은 깨끗한 물결을 흐리게 하리라.

그래! 여기서의 우리 사랑은 헛되었었단 말인가!
꽃 피는 이 언덕, 정열의 불꽃을 섞으며
우리 두 존재가 하나 된 곳에 아무것도 남지

않는단 말인가.
그런데 무감각한 자연은 재빨리 모든 것을 빼앗았다.

오오! 말하라 골짜기여, 찬 시내여, 익은 포도여,
새둥지 가득한 가지여, 동굴이여, 숲이여, 딸기여
너희는 다른 사람을 위해 속삭이는가?
다른 사람을 향해 노래하는가?

우리는 너희를 친절하고 주의 깊고 엄격하게 이해하였고
우리의 메아리는 깊이 너희 소리 속에 용해되었다!
우리는 아주 열심히 귀 기울였다. 너희 비밀을 범하지 않고
너희들이 이따금 말하는 심원한 말에!

대답하라 해맑은 골짜기여! 대답하라 쓸쓸한 땅이여,
아아, 마을에서 떨어진 이 아름다운 장소에 깃든 자연이여,
무덤의 모양이 영원한 명상으로 돌아간 죽은 자들로 하여금 취하게 하는
그 모습으로 우리 둘이 잠에 빠질 때에도

그대는 계속해서 무감동하게 우리를 지켜보고
그 사랑과 더불어 죽어 누워 있는 우리를
그대의 평화로운 즐거움을 계속하면서

여전히 미소지으며 여전히 노래할 것인가?

그대의 산이나 숲이 즉시 분별해 주는 망령의
　모습으로
그대의 은신처에서 방황하는 두 사람을 알아
　보고
그대는 우리에게 말해 주지 않을 것인가?
재회한 옛 친구에게 사람들이 말하는 그 은밀
　한 사실들을?

그대는 슬픔과 탄식조차없이 볼 수 있는가,
일찌기 거닐던 곳에 우리 옛 그림자가 방황함
　을.
또한 눈물 흘리면서 흐느껴 우는 샘물가로
사뿐히 껴안으며 나를 인도하던 그녀의 모습
　을?

눈뜬 사물 하나 없는 어두움 속에 사랑하는 남
　녀가
그 도취를 은밀히 그대의 꽃그늘에 기대어 있
　다면
그 귀에 그대는 속삭이러 가지 않겠는가—
"너희들 살아 있는 자여, 죽은 자를 생각하라!"

신은 잠시동안 우리에게 목장과 샘과
소근대는 넓은 숲과 깊은 부동의 바위굴과
푸른 하늘과 호수와 평야를 주시고, 그리고 거
　기에
우리의 마음과 꿈과 사랑을 안겨 주신다.

이윽고 모든 것을 거두어 가고, 신은 우리의 불꽃을 불어 끄신다.
우리가 불빛 밝히는 동굴을 신은 어두움 속에 잠기게 한다.
신은 우리 혼이 새겨진 계곡을 향해 우리의
흔적을 지우고 우리 이름을 잊으라고 하신다.

그래라! 우리를 잊어라, 집이여 마당이여 나무 그늘이여!
풀이여, 우리 문을 황폐하게 하라! 가시 덤불이여, 우리 발자국을 가려라!
새들아 노래하라! 시내여 흘러라! 나뭇잎이여 울창하라!
너희는 잊더라도 나는 너희를 잊지 못한다.

너희는 우리 사랑의 반영 그것이기 때문이다!
너희는 여행 도중에 만나는 오아시스이다!
오오 골짜기여, 너는 최상의 은신처,
네 속에서 우리는 마주 손잡고 울었었나!

정열은 나이와 더불어 사라지고, 그 어떤것은
우스꽝스러운 가면을 쓰고, 어떤 것은 비극의 칼을 늘어뜨리고서
유랑 악단의 떠들썩한 한 패거리처럼
그 무리는 언덕 너머로 멀리 사라져 간다.

그러나 사랑이여, 아무것도 매혹스러운 너를 지울 수는 없다!
흐릿한 안개 속에 빛나는 너, 타 오르는 횃불, 계속 불타는 등불

너는 기쁨으로 또 특히 눈물로 우리를 사로 잡
  는다.
젊은 때는 너를 저주하고, 나이 들면 너를 찬
  양한다.
세월의 무게에 머리가 힘없이 숙으려지는날,
인간이란 계획도 목적도 환상도 없고
이제 자기가 묻힐 묘석밖에 없고
그 아래 덕의 힘도 사랑의 환상도 모두묻혀지
는 것을 느끼는 날,

우리 혼이 꿈꾸며 우리 존재의 깊숙히 내려가
드디어 얼음으로 화한 우리 마음 안에
흡사 전장에서 시체를 세듯 하나 또 하나
쇠퇴한 고뇌와 사라진 몽상을 셀 때,

현실의 대상, 활짝 웃는 세계에서 멀리
마치 등불을 손에 들고 탐구하는 사람처럼
그 혼은 어두운 언덕길을 지나 느릿한 걸음으
  로
내부의 심연에 내동댕이쳐진 쓸쓸한 곳에 이른
  다.

그리고 거기 어떤 빛도 비치지 않는 칠흙 속
모든 것이 다해진 것처럼 생각되는 곳에서 혼
  은 느낀다.
아직 무엇인가 베일에 가려 숨쉬고 있음을—
바로 그것은 어둠 속에 잠자는 그대이러니, 오
  오 거룩한 회상이여 !

뮈세

회 상

보면 눈물을 흐를 것을 알면서 나는여기 왔노
　니.
영원히 성스러운 장소여, 괴로움을 각오 했는
　데도
오오, 더할 나위 없이 그립고 또한 은밀하게
회상을 자아내는 그리운 곳이여!

그대들은 왜 이 고독을 만류했는가
친구들이여, 왜 내 손을 잡으며 만류했는가
정겨운 오랜 습관이 이 길을 걸어 가라고
나에게 가르쳐 주었던 때에?[1)]

여기였다, 이 언덕, 이 꽃 피는 히드의 풀밭
말없는 모래밭에 남아 있는 은빛으로 빛나는
　발자취
사랑어린 오솔길, 속삭임이 넘쳤고 그녀의 팔
　은
힘껏 나를 끌어안고 있었다.

여기였다, 이 초록색 잎사귀 우거진 떡갈나무
　숲,
굽이굽이 굽이쳐 있는 이 깊은 협곡[2)]
이 야생의 친구들, 옛날 그들의 속삭임에
마음 하느작이던 아름다운 나날.

여기였다, 이 숲속, 지금도 걸으면 청춘은

◇이 시는 뮈세(Louis-Charles-Alfred de Musset 1810~1857)의 역작(力作)이다. 관능적이며 우울미가 섞인 공상력으로 낭만파의 귀재(鬼才)로 지목받아온 뮈세는 프랑스의 낭만파 4대 시인의 한 사람이다. 그는 파리에서 관리의 아들로 태어나서 앙리 4세학교에서 공부하였다. 그후 18세 때부터 낭만파 운동에 몸을 던진 그는 풍부한 지식, 격렬한 공상력과 감수성에 싸인 우수한 작품들을 연이어 발표했다. 그는 시 이외에도 희곡, 소설 등의 작품도 썼는데 모든 분야에 걸쳐서 다 호평을 받았다.

발자욱소리 따라 한 떼의 새처럼 계속 노래한
다.
매혹의 땅이여, 아름다운 황야, 연인들의 산
책길이여
나를 기다리고 있지 않았던가?

아아! 흐르는 대로 내버려 두고 싶은
아직 상처 고쳐지지 않은 마음에서 솟아 오르
는 이 눈물!
사정 보지 말고 그대로 멈추게 하라, 나의 눈
에
옛날을 숨겨 주는 이 너울!

내 행복을 지켜보는 이 숲의 메아리 속에
애석한 마음을 외치려 온 것은 아니다.
아름답게도 고요히 있는 이 숲이 자랑스러울
때
내 마음 역시 자랑스러운 것이다.

견디기 힘든 슬픔에 몸과 마음을 맡길지니
친구의 무덤 앞에 꿇어앉아 기도하는 사람이
라면.
여기서는 모든 것이 생기 있고, 여기에는 피어
나지 않는다,
묘지에 피는 꽃 따위는.

보라, 저 숲 그늘을 비추며 달이 떠오른다.
눈동자는 아직 떨린다, 아름다운 밤의 여왕이
여
그러나 이미 어두컴컴한 지평에서 그대는떠나

그리고 그대는 꽃 핀다.

그와 같이 이 지상에서 아직 비도 마르지 않는다.
그대의 빛을 쐬며 하루의 향기는 솟아 오른다.
그와 같이 고요하고 순수하게 뿌듯한 마음으로 가득 찬
지난 날의 나의 사랑.

인생의 온갖 고뇌는 어디로 가고 말았는가?
나를 늙게 만들던 모든 것은 이제 사라지고
이 사랑어린 골짜기를 바라보면 이미 내 맘은 소년시절로 되돌아가는 것이다.

오오 때의 힘이여! 오오 가벼이 날아가는 세월이여!
그대들은 내 눈물과 외침과 뉘우침을 실어 간다,
하지만 그대들도 동정심에서 그대로 지나친다.
빛 바랜 우리의 꽃은.

위로의 신의 자비여, 진심으로 감사드립니다!
이렇듯 크나큰 상처에 이렇게 괴로와하고
그 상처를 만지는 것이 상쾌하리라고는 미처 생각하지 않았다.

나와는 상관없다, 헛된 말과 씁쓰레한 마음의 생각
사랑해 보지 않은 사람들이 지나간 사랑에

언제나 이러쿵저러쿵 늘어 놓고 있는
하찮은 고뇌의 경박함 따위는!

단테여, 왜 당신은 고뇌의 나날에 행복했던날
을
생각하는 것이 가장 큰 비참이라 말했었는가?
그 어떤 고통이 그 쓰디쓴 말과 그 불행에 대
한
뉘우침의 말을 말하게 했던가?

빛이 있다고 하는 사실이 아니던가?
밤이 되는 순간부터 빛을 잊어야만 하는가?
당신이었던가, 몹시 슬픈 위대한 혼, 그 말을
말한 것은 바로 당신이었던가?

아니다, 찬란하게 나를 비추는 이 밝은 달에
맹세코
그 숭고한 모독은 당신의 마음에서 나온 것이
아니다.
행복한 날에 대한 모름지기 이 세상의
행복보다도 진실된 것이다.

아니! 불행한 사람이 그 고뇌가 잠든 채
뜨겁게 불타는 재 속에서 문뜩 반짝이는 불꽃
을 보고
그 불길을 붙들어 그 불길 위에다
멍청하게 눈길을 주고 있을 때
그 잃어진 과거 속에 영원도 빠져버려
그 깨진 거울을 앞에 두고 눈물 흘리며 꿈
꿀 때

그것은 미혹이라고 당신은 말하는가, 그 달콤
한 기쁨은
두려운 가책에 지나지 않는다고!

더구나 당신의 프란체스카, 그 영광스러운
천사의 입을 통해 그런 말을 하게 하는가,
영원한 입맞춤 속에 띄엄띄엄 자기 신세를
말하고 있는 그녀의 입을 통해!

정의로운 신이여, 사람 마음의 생각이란 뭔가?
누가 진리를 사랑하랴? 누구도 의심치 않는
그 정당하고 그 확실한 기쁨과 또한 고뇌가
이 세상에 없다고 한다면.

기이한 사람들이여 어떻게 살고 있는가.
그대들은 웃고 노래하고 대담하게 걸어 다닌
다.
하늘과 그아름다움에도, 세계와 그 더러움에
도
마음 흩으러지지 않는 그대들은.

그러나 그대들 역시 문득 운명의 손에 희롱되
어
그 어느 잊은 사랑의 기념비 쪽으로 다가갈때
는
그 장애에 걸음이 저지되고 거기에 쓰러져
그대들은 아픔을 느낀다.

그때 그대들은 인생을 한낱 꿈이라 외친다.
잠에서 깬 것처럼 팔장을 끼는 것이다.

그대들은 아쉬워하는 것이다, 그 즐거운 거짓됨이
잠시 동안에 끝나 버리고 말았음을.

불행한 사람들
아! 그 한 순간에, 그대들의 둔한 혼이 이 지상에 끌고 가는 쇠사슬을 흔든
그 덧없는 한 순간에 전체 인생이 있었나니
더 이상 뉘우치지 말아라!

그대들을 지상에 매어 두는 무감각을 후회말지며
흙탕이 되고 피범벅이 된 그대들의 허우작임과
희망 없는 밤과 빛 없는 낮을 후회 말지라,
그것이야말고 허무이기에!

그대들의 싸느다란 주의로부터 과연 무엇을 얻으며
옮겨지는 그 뉘우침은 하늘에 무엇을 추구하는가?
때의 발자국 걸음걸음에, 그때 자신의 폐허위에
무슨 씨앗을 뿌리고 있는가?

그렇다, 모든 것은 반드시 죽는다. 현대는 크나큰 꿈이다.
길을 갈때 우리 앞에 나타나는 하찮은 행복
그 한 줄기 갈대 잎을 손에 쥐었다 느껴지는 순간

바람이 그것을 앗아가 버린다.

그랬었다. 최초의 입맞춤과 맹세의 말을
이윽고 죽을 두 사람이 세상에서 주고받은 것은
부는 바람에 잎이 떨어지는 나무 밑, 먼지로 흩어지는
바위 위에서의 일이었다.

형언할 수 없는 두 사람의 기쁨, 그 증인이 된 것은
언제나 구름에 덮여 어둠으로 바뀌는 하늘이었다.
자신의 빛 때문에 시시각각 파 먹혀 가는
이름조차 모르는 별들이었다.

모든 것은 두 사람 주위에서 죽어 있었다.
나무의 새도 손에 든 꽃도 발 아래 기던 벌레도.
모습을 비춰 주며 어른거리던 그 샘도 이제는 말라
모습조차 있게 만들고 있다.

그리고 모든 잔해 위에 그 여린 손을 모으고
쾌락의 순간의 번개에 매혹되었던 그들 두 사람은
죽음을 관장하는 그 부동의 존재로부터
도피하게 되었다고 믿었던 것이다!

"어리석다!"고 현자는 말하고, "행복하다!"

고 시인은 말한다.
그렇다면 얼마나 슬픈 사랑을 마음에 지니셨
는가,
물결 소리에조차 심란해지고, 가슴 설레는
그대
바람 소리에조차 겁먹는 그대는?

나는 본 것이다, 나무잎도 아니요 물방울도
아닌
것들이 햇빛 속에 떨어지는 것을.
장미꽃 향기도 아니요 새들의 노래도 아닌 것
들이 사라져 가는 것을.

내 눈은 지켜본 것이다, 무덤 밑에 생명을 끊
은
줄리에트보다 더욱 마음 아픈 것들을.
암흑계의 천사들을 향하여 로미오가 든 건배
보다
더욱 무서운 것들을.

나는 본 것이다, 둘도 없는 연인, 영원히
사랑하여
마지 않는 연인이 하나의 흰 무덤으로 변하는
것을
살아 있으면서 묘혈에 재가 되어 표류하는 것
은
죽고 만 가장 사랑하는 것.

우리의 가련한 사랑이었다, 깊은 밤 우리 가
슴에

끌어안고 정답게 흔들던 그 사랑이었다!
생명보다 더 존귀한 것, 아아! 우주였다.
　이제 사라져 버리고 만 것은!

그렇다, 더욱 젊고 아름다와 옛날보다 더 아름다운
그녀의 모습을 나는 보았다,[5] 옛날처럼 그 눈은 빛나고
그 입에 보조개가 파졌고, 그것은 미소였다,
　말하는 목소리였다.

그러나 이제 그 목소리는 아니었다, 그 부드러운 말은 아니었다,
내 눈동자 속에 녹아 들던 그 정다운 눈동자는 아니었다,
내 마음은 계속 사모감에 넘쳐 그 얼굴을 바라 보았으나
　그 모습은 이미 없었다.

그래도 나는 그때 그녀의 옆에 가까이 다가가
그녀의 공허한 얼음같이 차가운 가슴을 나의 팔에 끌어안고
외칠 수도 있었으리라, "웬 일이냐, 나의 여인아
　어떻게 되었는가, 그 과거는?

그러나 소리치지 않았다, 마치 낯선 여자가
그 목소리에 그 눈매를 하고 있는 듯했기에.
나는 말없이 전송하였다, 그 싸느다란 조각을
　없는 편으로 서선을 던져서.

그것으로 족하다, 쓰디쓴 괴로움은 지나간 것이다,
죽은 듯한 마음을 지닌 사람의 웃음 머금은 고별은.
그것으로 족하다, 이제 와서 어쩌란 말인가.
오오 자연이여, 어머니여!
지난 날의 사랑에 변화가 있으랴?

이미 이제는 천둥이 내 머리 위에 떨어진다하더라도
이 회상을 내게서 빼앗아 갈 수는 없다.
폭풍으로 파산된 뱃사공과 같이
나는 매달린다, 이 회상에.

무엇 하나 알고 싶지 않다. 들에 꽃이 피어 있는지도,
헛된 인간의 환상으로부터 도대체 무엇이 생겨나는가 하는 것도,
거 광막한 하늘이 지금은 숨기고 있는 것을
내일은 펼쳐 보여 주는가 하는 것도.

나는 오직 마음에게 말한다, "이 시각에 여기서
어느 날 사랑했고 사랑받았니라. 그녀는 아름다왔다.
나는 이 보물을 불멸의 혼 깊이 지니고서
가려 한다, 하느님의 품으로!

푸쉬킨

삶이 그대를 속일지라도

삶이 그대를 속일지라도
슬퍼하거나 노하지 말아라.
슬픈 날엔 참고 견디라.
즐거운 날은 오고야 말리니.

마음은 미래를 바라느니
현재는 한없이 우울한 것.
모든 것 하염없이 사라지나
지나가 버린 것 그리움이 되리니.

◇진실한 러시아 정신, 러시아 사회의 현실적인 모습을 공개, 제시함으로써 러시아 문단에 국민문학의 씨앗을 발아시킨 푸쉬킨(Aleksandr Sergeevich Pushkin 1799~1837)의 문학적인 업적은 대단하다. 우리에게 가장 널리 알려진 단시(短詩) 〈삶이 그대를 속일지라도〉의 주제는 달관된 위치에서의 인생의 재조명이다.

시인(詩人)

아폴로 신이 희생자로
시인을 불러내기 전에는
그는 부질없는 세상의 번민 속에
무기력하게 가라앉아 있다.
그의 성스러운 거문고는 울리지 않고
영혼은 얼어붙은 꿈을 먹는다.
이 세상 보잘 것 없는 아이들 가운데
아마도 그는 가장 미미하리라.

그러나 신의 음성이
예민한 청각에 와 닿기만 하면
시인의 영혼은 잠을 깬 독수리처럼 약동한다.
그는 이 세상의 위안 속에서 괴로와하고
사람들의 소문을 멀리 한다.
민중에게 숭배받는 것의 발치에

◇푸쉬킨은 서구문학을 모방한 귀족문학에 반대하여 스스로 국민문학의 창조에 투신하였다. 그는 협의의 고전주의 문학을 청산하고 낭만주의를 지나 결국에는 순수한 러시아적 사실주의의 기초를 쌓기에 이르렀다. 그의 시풍(詩風)은 항상 현상을 꿰뚫어보는 통찰력의 표출이 적나라하지만 어딘지 모르게 우울한 기분이 배어 있는 것도 적지 않다.

자랑스런 머리를 숙이지는 않는다.

야심적이고 엄숙한 그는
소리와 혼돈에 가득 차
황량한 바닷가로,
또 넓게 술렁이는 떡갈나무 숲속으로 달려간다.

프로스트

밤에 익숙해지며

나는 어느 새 밤에 익숙해지게 되었다.
비 속을 홀로 거닐다 비 속에 되돌아왔다.
거리끝 불빛 없는 곳까지 거닐다 왔다.

쓸쓸한 느낌이 드는 길거리를 바라보았다.
순시하는 야경이 곁을 스쳐 지나쳐도
얼굴을 숙이고 모르는 체했다.

잠시 멈추어 서서 발소리를 죽이고
멀리서부터 들러와 다른 길거리를 통해
집들은 건너서 그 어떤 소리가 들렸으나

그것은 나를 부르기 위해서도 아니요 이별을 알리기 위해서도 아니었다.
오직 멀리 이 세상 것이 아닌 것처럼 높다란 곳에
빛나는 큰 시계가 하늘에 걸려 있어

◇미국이 낳은 세계적인 시인 프로스트(Robert Frost 1875~1963)의 대표작을 꼽는다면 역시 〈눈오는 저녁 숲가에 서서〉, 〈가지 않는 길〉, 〈창가의 나무〉 〈밤에 익숙해지며〉 등을 들 수 있을 것이다. 프로스트는 의식적으로 모더니즘 스타일의 시를 쓰는 것을 회피하였다. 그는 도시생활을 소재로 다루지도 않았고, 오직 전원적인 것만을 그의 시세계에 산입시켰다. 그러한 그의 시정신을 이 시에서도 느낄 수 있다.

지금 시대가 나쁘지도 또 좋지도 않다고 알려
주고 있었다.
나는 어느새 밤에 익숙해지게 되었다.

창가의 나무

내 창가에 서 있는 나무, 창가의 나무여
밤이 오면 창틀은 내리게 마련이지만
너와 나 사이의
커튼은 결코 치지 않으련다.

대지에서 치솟은 몽롱한 꿈의 머리
구름에 이어 크게 확대되고 있는 것
네가 소리내어 말하는 가벼운 말이
모두 다 깊은 의미를 지니고 있지는 않으리라.

하지만 나무여, 바람에 흔들리는 네 모습을
보았다.
만일 너도 잠든 내 모습을 보았다면
내가 자유를 잃고 밀려 흘러가
거의 절망이었음을 알게 되었으리라.

운명의 여신이 우리 머리를 마주 보게 한 그날
그녀의 그 상상력을 발휘한 것이다.

네 머리는 바깥 날씨에 많이 관련되고
내 머리는 마음 속 날씨에 관련되어 있으니.

◇프로스트는 거의 모든 작품에서 실상용어를 사용하여 밝은 시풍(詩風)으로 뉴잉글랜드의 전원생활을 노래하였다. 그는 음율을 사용하는데 대해서「시가 만들어내는 표상」이란 글에서 다음과 같이 말하고 있다.
'자유시란 네트를 사용하지 않고 테니스를 하는 것과 마찬가지이다. 시에 있어서 운율의 가치는 테니스에 있어서의 네트와 마찬가지로 그것을 사용하는 편이 훨씬 낫다.'

가지 않는 길

황색 숲 속에 길이 두 갈래 갈라져 있었읍니다.
안타깝게도 나는 두 길을 갈 수 없는
한 사람의 나그네로 오랫동안 서서
한 길이 덤블 속으로 꺽여 내려간 데까지
바라다 볼 수 있는 데까지 멀리 보았읍니다.

그리고 똑같이 아름다운 다른 길을 택했읍니
다.
그럴 만한 이유가 있었읍니다. 거기에는
풀이 더 우거리고 사람이 걸은 자취가 적었읍
니다.
하지만 그 길을 걸으므로 해서
그 길도 거의 같아질 것입니다만,

그 날 아침 두 길에는 낙엽을 밟은 자취 적어
아무에게도 더럽혀지지 않은 채 묻혀 있었읍
니다.
아, 나는 뒷날을 위해 한 길은 남겨 두었읍니
다.
길은 다른 길에 이어져 끝이 없었으므로
내가 다시 여기 돌아올 것을 의심하면서.

훗날에 훗날에 나는 어디에선가
한숨을 쉬며 이 이야기를 할 것입니다.
숲 속에 두 갈래 길이 갈라져 있었다고.
나는 사람이 적게 간 길을 택하였고,
그것으로 해서 모든 것이 달라졌다라고.

◇이 시는 인생의 여정을 노래한 것이다. 운명은 누구에게나 공평하게 부여된다. 그러나 사람에 따라 제각기 다른 운명을 가지고 저마다의 다른 방향으로 인생을 진행한다. 그러면서도 자신이 선택한 운명에 대해 만족해하는 사람은 드물다. 이 시는 이러한 인간의 내면성을 조용하게 전원적으로 파헤친 작품이다.

눈 오는 저녁 숲가에 서서

이 숲이 누구네 숲인지 알 만도 하다
하지만 그의 집이 마을에 있으니,
숲에 눈이 쌓이는 것을 보러
나 여기 잠시 멈추는 것을 그는 보지 못하리.

내 작은 말은 이상하게 여기겠지,
한 해 중 가장 어두운 날 저녁
숲과 얼어붙은 호수사이
가까이 농가도 없는 곳에 멈추는 것을.

말은 짤랑짤랑 방울을 흔든다,
무슨 잘못이라도 있나 하고.
그 밖에 딴 소리라곤 느린 바람과
솜털 같은 눈송이가 스쳐가는 소리뿐.

숲은 아름답고 어둡고 깊다.
그러나 나는 지켜야 할 약속이 있어
잠들기 전에 여러 마일을 가야만 한다.
잠들기 전에 여러 마일을 가야만 한다.

◇프로스트의 시 중에서도가장 많이 애송되고 있는 시가 바로 이〈눈오는 저녁 숲가에 서서〉이다. 프로스트는 그의 고향인 뉴잉글랜드의 겨울 풍경을 보고, 거기서 아늑한 시골과 고독한 나그네의 정취, 그리고 인생에 대한 책임감과 의무의 수행 등을 감지한 나머지 이러한 감정들을 시 속에 이입시키고 있다. 매우 감상적이면서도 아름다운 전원시라고 할 수 있다.

드 라 메어

비문(碑文)

여기 고이 잠든 이는 진정 아름다운 여인,
발걸음도 마음도 가볍고
정녕〈서쪽 나라〉에선
다시 없이 아름답던 여인입니다.
그러나 아름다움은 소멸하고, 사라지는 것,
제 아무리 보기드문——희귀한 아름다움일지

◇이 시는 영국의 시인이며 소설가인 드 라 메어(Walter john De la Mare 1873~)의 작품이다. 그는 신교도 위그노의 후예로서, 1890년 봄에 센트 폴학교를 중퇴하고, 석유회사에 근무하면서 문학에 투신하였다.

라도
이제 나 또한 부서져 흙으로 돌아가면 그 누가
〈서쪽나라〉의 이 여인을 기려 줄 것인가?

그는 수많은 소설과 시를 발표하였으며, 그때마다 출판계에 커다란 반향을 불러 일으켰다.

단테

신곡(神曲)

「프란체스카, 당신의 수난은
나로 하여금 슬프고 가슴
아프게 하여 눈물을 금할 길 없나이다.
말씀 좀 해 주셔요.
달콤한 사랑의 탄식을
지니고 계실 때 숨겨진 그 연정이
어떤 일로 어떠한 방법으로
표면화되는 것을 허용하셨는지.」

그녀는 나에게 말하나니
「이 비운 속에서 행복했던 시절을
회상하는 것같이 더욱 뼈아픈 일
없을 것입니다.
아마 그대의 스승께서도
이 점 이해하고 계실 줄 압니다.
그러나 우리들의 사랑의 첫 뿌리를
그대 그리 알려고 애원하오니
흐느끼며 이야기하는 이같이
나 그대에게 말하겠어요.
어느 날 우리 둘은 아무 의도없이
란치롯또가 사랑에 빠진
이야기책을 읽고 있었지요

◇이 시는 단테(AlghieriDante 1265~1321)의 대표작이다. 여기에 소개된 부분은 전체 100 장으로 이루어진 장편 서사시 중 지옥편의 5장의 일부이다. 단테는〈신곡〉을 발표하여 명실공히 이탈리아의 시성(詩聖) 으로 군림하였다. 이 시에서 우리는 단테의 도덕관념을 짐작할 수 있다.

우리는 단 둘이었고 아무
의심도 받지 않았지만
이야기를 읽어 나가면서
서로 눈이 마주치고
그때마다 서로 얼굴을 붉혔답니다.
그러나 사랑하는 이가 그 애인의
미소짓는 입술에 그의 입을
대는 그 구절에 이르러
우리는 서로의 마음을
알게 되었으니,
그 후 내곁을 떠날 수 없게 된 그이,
그의 입술이 경련을 하면서
나의 입과 마주쳤나이다.
가로옷또는 바로 그 책과
그 책을 쓴 이였으니,
그날은 더 이상 책읽기를
계속할 수 없었나이다.」

이렇게 그녀가 이야기하는 동안,
다른 한 혼은 흐느끼고 있었으니
그 애처로움에 나는 마치 죽음을
앞에 둔 이 모양 눈물을
흘리며 마치 시체와 같이
거기에 쓰러졌노라.

브론테

추 억

흙 속은 차갑고, 네 위에는 깊은 눈이 쌓여있

◇이 시는 브론테(Emily J-

다.
저 먼 곳 쓸쓸한 무덤 속에 차갑게 묻힌 그대
하나뿐인 사람아, 모든 것을 삼키는 시간의 물결로
떼어져 나는 사랑을 잊고 만 것일까?

홀로 남게 된 내 생각은
산봉우리들을 날고, 앙고라의 기슭을 방황한다.
지금 날개 접고 쉬는 곳은 히드풀과 양치기 잎이
네 고고한 마음을 항시 덮고 있는 근방이다.

흙 속은 차가운데 열 다섯 차례의 어두운 섣달이
이 갈색 언덕에서 어느새 봄날의 물이 되었다.
변모와 고뇌의 세월을 겪어 왔으나
아직 잊지 못할 마음은 너를 배반하지 않았다.

젊은 날의 그리운 사람아, 혹시 세파에 시달려
너를 잊었다면 용서하기 바란다.
거센 욕망과 어두운 소망이 나를 괴롭히나
그 소망은 너 생각하는 마음을 해치지는 않았다.
너 말고 달리 하늘에 빛나는 태양은 없었다.
나를 비추는 별도 역시 달리 없었다.
내 생애의 행복은 모두 네 생명에서 비롯되었고
그 행복은 너와함께 무덤에 깊이 묻혀 있다.

ans Bronté 1818~1848)의 수작(秀作)이다. 소설 「폭풍의 언덕」으로 더 많이 알려진 브론테는 무척 격정적이고 정열적인 시인이었다. 불타는 듯한 열정과 금욕적인 결벽성의 갈등은 그로하여금 〈추억〉과 같은 시를 쓰게 만들었다. 애상적이면서도 부드럽고 강하면서도 연약한 듯한 내면적인 흐름을 느낄 수 있는 작품이다.

그러나 황금의 꿈꾸던 나날은 사라지고
절망조차 힘이 빠져 파괴력을 잃었을 때
나는 알게 되었다. 기쁨의 도움이 없이는
생명을 이루고 강해지고 키울 수 없다는 사실을

그때 나는 정열의 눈물을 억제하고
네 영혼을 사모하는 내 어린 영혼을 일깨워
나와는 관계 없는 무덤에
서둘러 가려 하는 열망을 호되게 물리쳤다.

때문에 지금 내 영혼을 시들게 하려 하지않고

추억의 달콤한 아픔에 잠기려 하지 않는다.
깨끗한 고뇌의 잔을 모두 마신 지금에
왜 다시 헛된 세계의 일을 추구하리오.

네루다

나는 생각한다

나는 생각한다 키스와 침대
빵을 나누는 사랑을

영원한 것이기도 하고
덧없는 것이기도 한 사랑을

다시금 사랑하기 위하여
자유를 원하는 사랑을

찾아오는 멋진 사랑을

◇체코슬로바키아의 근대시의 아버지로 불리우는 네루다는 저널리스트이며 소설가이기도 하다. 그의 시는 자못 예언적이며 심층적이다. 그의 시에는 사랑과 자유와 인류애가 깃들어 있다.

떠나가는 멋진 사랑을

발 라

슬 픔

나는 당신의 소중한 꽃이었읍니다.
나는 저녁에 뚫어질 듯이 바라보며
사랑이 오기를 기다리고 있읍니다.
당신은 내 눈에 키스했읍니다
당신은 언덕 위에서 노래했읍니다.
「너는 사랑하는 것 이상하다」라고
그 가락이 틀렸음을 내 어찌 알 수 있었겠읍니
　까
당신의 뱀 같은 마음을 내 어찌 알았겠읍니까
좋아요 어서 가셔요!
나는 내 어두운 마음을 밤의 숲에 던졌읍니다.
오오 얼마나 슬픈 일인지 모릅니다.
모든 나무는 당신의 이름을 부르고 있읍니다.
일찌기 내 행복의 새였던 그이름을 말입니다.

◇이 시는 핀란드의 여류 시인 발라(Katri Vala 1901～)의 작품이다. 그녀는 가난과 병고의 역경 속에서 인생에 대한 정열과 불굴의 정신으로 아름다운 서정시를 많이 썼다.

네르발

사랑의 찬가

　　여기 우리는
얼마나 찬란한 날을
　　보내고 있는가!
일렁이는 물결의
　　흔적 처럼

◇이 시는 프랑스의 시인 네르발(Gérardde Nerval 1808～1855)의 수작(秀作)이다. 그는 정신착란과 표류와 방황의 일생을 보냈고, 결국에는 거리에서 목매어 죽었다. 그는 항상 '꿈은

권태는 슬픔으로 사라진다.
　　욕망 밖에 없는
미친듯한 정열에
　　취하게 되는 시각이여 !
쾌락 뒤에는
　　사라져 버리는
허무한 시간이여 !

제2의 인생' 이라고 주창했다.

브라우닝

당신이 날 사랑해야 한다면

당신이 날 사랑해야 한다면, 오직
사랑을 위해서만 사랑해 주셔요. 그리고 부디
「미소 때문에, 미모 때문에, 부드러운 말씨 때문에,
그리고 또 내 생각과 잘 어울리는 재치있는생각 때문에
그래서 그런 날엔 나에게 느긋한 즐거움을 주었기 때문에
저 여인을 사랑한다」고 는 정말이지 말하지 마셔요.
이러한 것들은 임이여 ! 그자체가 변하거나
당신을 위해 변하기도 합니다. 그러기에 그처럼 짜여진 사랑은
그처럼 풀려 버리기도 한답니다.
내 뺨의 눈물을 닦아 주는 당신의
사랑어린 연민으로도
날 사랑하진 마셔요——
당신의 위안을 오래 받았던 사람은 울음을 잊

◇이 시는 영국의 여류 시인 브라우닝(Elizabeth Barrett Browning 1806~1866) 의 작품이다. 그녀는 초기에는 병약하고 고독하였으나, 남편이 될 로버트 브라우닝(RobertBrowning)을 만나면서부터는 연애와 결혼과 피렌쩨에서의 생활로 급전하였다. 그녀는 주로 남편과의 끝없는 사랑을 주제로 한 시들을 많이 썼다.

게 되고
그래서, 당신의 사랑을 잃게 될지도 모르니까
요,
오직 사랑을 위해서만 날 사랑해 주셔요.
언제까지나 언제까지나
당신이 사랑을 누리실 수 있도록, 사랑의 영
원을 통해.

레오파르디

고독한 새

낡은 교회의 종탑 위에
고독한 새 한 마리
해질 때까지 넓은 광야를 향해
끝없이 노래하고 있나니
그 노래소리 온 마을에
즐겁게 울려 퍼지도다.
아름다운 봄은
대기를 밝게 하고
대지를 충족시키니
이를 찬미하는 이의
마음 흐뭇하게 하노라.
들에선 양떼와 소들의
지껄이는 소리 들리고
하늘엔 만족스런 듯이
새들이 자유를 구가하면서
하늘을 누비며, 새들에게
가장 좋은 계절을 이리
즐거워하고 있노라.

◇레오파르디(Giacomo Leopardi 1798~1832)는 이탈리아의 천재시인으로 알려져 있다. 그러나 병약한 나머지 세상을 비관하는 그의 염세적인 성격은 곧 그의 시 세계를 암울하게 만든 원인이 되었다. 그래서 그의 시는 우울하고 비관적인 면이 강하다.

생각에 가득 찬 듯한 한 마리 새,
너는 이 광경을 모두 보면서도,
친구도 찾지 않고, 날 생각도 않고,
즐거움을 마다하는구나.
다만 노래부르는 것으로
가장 아름다운 계절과
너의 젊은 시절을 보내는 구나.

아 너의 그 외로운 모습,
어찌 나의 고독함과
그리 닮았느뇨!
젊은 시절의 흥겨운 동반자인
즐거움과 웃음도, 젊은이의
형제인 사랑도,
늙은 후의 후회도 나에겐
또 나의 젊은 시절을,
나 자신을 그 누구가 이해하리오?
그렇게까지 된다면
아 나는 후회 속에 나를 보낼 것이며,
위로의 희망도 없이
지난날의 추억 속에서만
삶을 지탱해 나갈 것이로다.

스펜서

그의 사랑에게

어느 날 나는 그녀의 이름을 백사장에 썼으나
파도가 몰려와 씻어 버리고 말았네.

◇이 시는 영국의 시인 스펜서(Edmund Spenser 1552~1599)의 작품이다.

나는 또다시 그 이름을 모래 위에 썼으나
다시금 내 수고를 삼켜 버리고 말았다네.
그녀는 말하기를 우쭐대는 분, 헛된 짓을 말아요.
언젠가 죽을 운명인데 불멸의 것으로 하지말아요.
나 자신도 언젠가는 파멸되어 이 모래처럼되고
내 이름 또한 그처럼 씻겨 지워지겠지요.
나는 대답하기를, 그렇지 않소. 천한 것은 죽어 흙으로 돌아갈지라도
당신은 명성에 의해 계속 살게 되오리다.
내 노래는 비할 바 없는 당신의 미덕을 길이 전하고
당신이 빛나는 이름을 하늘에 새길 것이오.
아아, 설령 죽음이 온 세계를 다스려도
우리 사랑은 남아 영원한 생명을 얻게 되오리다.

스펜서는 영국 엘리자베스 조(朝)의 대표적인 시인이다.

셰익스피어

나 이 세상 떠나도 (소네트 71번)

나 이 세상 떠나도 내 죽음일랑 서러워 말고
그저 침울하고 음산한 조종(弔鐘)마냥 흘려 보내시오
그리고는 세상 사람들에게 경고나 한마디 해 주시오.
내가 이 더러운 세상을 떠나 가장 더러운 구더기와 함께 살러 갔다고,

◇영국의 대문호인 셰익스피어(William Shakespeare 1564~1616)는 시인이기 이전에 극작가로 더 알려져 있다. 그의 시작품(詩作品)으로는 「비너스와 아도니스」, 「루우크리스의 능욕」 등의 서사시집과 영어 최대의 「소네트」(14행시집) 가

혹시 그대가 이시를 읽는다 해도 기억일랑마
시오.
이 시를 쓴 손을, 그대 이토록 사랑하거든
그대의 감미로운 생각에선 잊혀지길 바랍니다.
나를 생각하면 공연히 슬퍼지실 것이기에.
내가 녹아서 진흙이 되었을 때
오! 설혹 이 시를 보신다해도, 아예
내 가엾은 이름일랑 부르지 마시고
그대의 사랑이 나의 생명과 함께 썩어버리게하
시오.
현명한 세상이 그대의 슬픔을 꿰뚫어보고
나 하직한 뒤에 그대까지 비웃으면 어찌 합니
까.

있다. 이〈소네트〉에서 그는 서정시적 천분의 극치를 보여 주고 있다.

스윈번

노 래

사랑은 그의 잠없는 머리를
가시있는 장미 침상에 뉘었고,
그의 눈물로 빨개지고,
그의 입술은 죽은 이같이 파리했었다.

두려움과 슬픔과 경멸이
그의 쓸쓸한 머릿가에 지켜보았으나.
마침내 기나긴 밤은 지나가고
세상은 아침되어 즐거웠었다.

기쁨이 낮과 함께 찾아 와서
누워있는 사랑의 입술에 입맞출제,

◇영국 런던에서 태어난 스윈번(Algernon Charles Swinburne 1837~1909)은 옥스포드대학 입학 후부터 허무주의자와 공화주의자가 되었다. 이 시절부터 로제티 일파 사람들과 친교를 맺고 문학에 깊은 관심을 가졌다. 그의 시풍은 주로 이 시기에 형성된 것이었다.

유령같은 거무스름한 밤샘꾼들은
총총히 그의 벼개로부터 사라졌다.

그의 눈은 새벽같이 점점 빛나고,
그의 입술은 빛과 같이 빨개지도다.
슬픔은 밤에사 엄숙해도
낮은 다시 기쁨을 가져오리라.

에머슨

자제심

그대는 새의 이름을 중얼거리며 그것을 총으로 쏜 일이 없는가?
들장미를 기르면서 장난삼아 꺾었던 일은 없는가?
돈 많은 명문집을 방문하여 오직 빵과 콩을 먹을 뿐이었는가?
신뢰의 마음만 지니고 맨손으로 위험과 맞섰는가?
남자든 여자든 사람들의 기품 있는 행위를
진심으로 사랑하여, 기품 있게 보답하기 위해
함부로 칭찬할 수 가 없었단 말인가?
그렇다면 내 벗이 되고, 자네 벗이 될수 있는 법을 가르쳐 주게!

◇에머슨(Ralph Waldo Emerson 1803~1882) 은 미국의 사상가이며 시인이다. 그의 시는 다분히 종교적이며 또한 전원적이다. 그는 후기의 여생을 전원 속에 파묻혀 집필활동에만 전념하였다.

로도라꽃

5월, 바닷바람이 우리 사는 벽지에 불어들 무렵

◇에머슨은 목사의 세째 아들로 보스톤에서 태어나 하

나는 숲에서 갓 피어난 로도라꽃을 보았나니
습지의 한 구석에 그 잎 없는 꽃을 많이 피워
들판과 느릿하게 흐르는 강물에 기쁨을 주고
있다.
웅덩이에 떨어진 보라색 꽃잎은
시커먼 물을 그 예쁜 빛깔로 환하게 하였다.
여기에는 붉은 새가 깃을 식히러 와서
새의 차림을 무색케 하는 그 꽃을 사모하리라.
로도라꽃이여, 만일 세상의 현자들이 네게
왜 이런 아름다움을 땅과 하늘에 낭비하는가
하면
이렇게 말하라—만일 눈이 보라고 만들어졌다
면
아름다움은 그것 자체가 존재의 이유라고.
왜 여기에 피었느냐, 오오 장미의 경쟁자여
나는 그 질문을 할 생각도 없었고 알지도 못했
다.
오직 단순한 무지로 해서 이렇게 생각한다.
여기에 나를 생기게 만든 힘이 너를 생겨나게
했을 것이다라고.

버드대학을 졸업한 후 부친의 목사직을 물려받았으나 종교상의 의식에 회의를 느껴 그 직을 그만둔다. 아내를 떠나게 되고, 귀국 후에는 오직 문학에만 전념한다. 그러한 그의 생활은 하나의 시세계를 형성하여 그 나름의 시풍(詩風)을 만들어 주고 있다.

메이스필드

바다가 그리워

나 다시 바다로 가련다. 쓸쓸한 그 바다와 그
하늘을 찾아가련다.
나 오직 원하는 것은 돛대 높직한 배 한 척과
방향을 가려 줄 별 하나,
타륜(舵輪)의 돌아가는 충격,

◇이 시는 메이스필드(John Masefield 1878~1967)의 대표작이다. 그는 영국에서 변호사의 아들로 태어났다. 1930년에는 계관시인이 되어 영국 문단의 원로(元老)로 있었다. 그의 시에는

바람의 노래, 펄럭이는 흰 돛폭,
해면을 뒤덮는 잿빛 안개,
으슴푸레 트여오는 새벽 하늘뿐.

나 다시 바다로 가련다. 흐르는 조수가 부르는 소리,
거역치 못할 사나운 소리, 분명히 날 부르는 그 소리를 따라.
나 오직 원하는 것은 흰 구름 날리는 바람 부는 날과 휘날리는
물보라와 물거품, 그리고 울부짖는 갈매기 떼일 뿐.

나 다시 바다로 가련다. 정처없이 떠도는 집시의 생활을 찾아 가련다.
칼날 같은 바람이 휘몰아치는 그 바다, 갈매기와 고래의 길을 찾아 가련다.
나 오직 원하는 것은 희희낙락하는 한패거리의 신나는 이야기와
짓궂은 장난이 끝난 뒤의 고요한 수면과 달콤한 꿈일 뿐.

주로 바다를 소재로 한 것이 많으며, 내용도 이국 정취가 물씬 풍기는 것이 많다.

브리지즈

6월이 오면

6월이 오면, 그땐 온종일 나는
향긋한 건초 속에 내 사랑과 함께 앉아
산들바람 부는 하늘에 흰구름이 지어 놓는 고대광실,

◇브리지즈(Robert Seymour Bridges 1844~1930)는 영국 켄트에서 태어나 이튼대학과 옥스포드대학을 졸업했다. 그는 원래 의학을 공부

눈부신 궁전들을 바라보련다.

그녀는 노래 부르고, 나는 노래 지어주고,
아름다운 시를 온종일 읊으련다.
남 몰래 우리 건초집 속에 누워 있을 때
오, 인생은 즐거워, 6월이 오면.

했었으나 1882년 이후에는 문학에 몰두하여 1913 년에는 계관시인이 되었다. 그의 시에는 솔직한 심정으로 자연을 바라보고 인생을 관조하는 시인의 정서가 잘 드러나 있다.

홉킨즈

평 화

평화, 너 낯선 산비둘기여, 너 언제나 그 놀라기 잘하는 날개 접어
이 이상 더 내 주위를 방황 말고, 내 나무 그늘에 쉬려는가?
평화여, 언제나 너는 평화로우려나? 나는
내자 신의 마음에 대해 위선자가 되지는 않으련다.
어느 때든지 네가 오기를 기다리마.
그러나 겉치레한 평화는 어리석은 것.어느 순수로운 평화가
전쟁을 경고하고, 전쟁을 굴복시키고, 전쟁의 끝장을 가져 오려나?

오오, 내 주는 정녕 평화를 빼앗는 대신
얼마간 보류하는 것—훗날 평화를 자랑하기위해
일단 자연 속으로부터 나왔을 바에는 결코 다시는
자기의 형체를 어떤 물질로부터든 취하지않고

◇이 시는 영국의 시인인 홉킨즈(Gerard Manley Hopkins 1844~1889) 의 작품으로, 주제는 인류 평화에 대한 염원이다.

단련한 황금과 황금 도금으로
그리스의 금 세공장이가 만든 모습을 따르리
라.
조름겨운 제왕을 깨우기 위해서
또는 황금 가지에 놓여져
과거와 현재와 미래의 일들을
비잔티움의 귀족과 숙녀들에게 노래해 주기
위해서.

시먼즈

사랑한 뒤에

◇영국의 상징주의 시운동의 지도자인 시먼즈(ArthurSymons 1865~1945)는참다운 문학 정서와 윤리도덕에 입각한 문학인의 자세를 고수한 시인이었다. 그는 순간적인 착상을 중요시하였다.

이제 헤어지다니, 이제 헤어져
다시는 만나지 못하게 되다니.
영원히 끝나다니, 나와 그대,
기쁨을 가지고, 또 슬픔을 지니고.

인제 우리 서로 사랑해서 안 된다면
만남은 너무나, 너무나도 괴로운 일,
지금까지는 만남이 즐거움이었으나
그 즐거움은 이미 지나가 버렸다.

우리 사랑 인제 모두 끝났으면
만사를 끝내자, 아주 끝내자.
나, 지금까지 그대의 애인이었으면
새삼 친구로 굽힐 수야 없지 않는가.

헵 벨

여름의 초상

여름의 마지막 장미가 피어 있는 걸 보았다.
그것은 금새 피라도 흘릴 것만 같이 붉었다.
나는 섬칫해서 지나는 길에 말했다.
인생의 절정은 죽음에 가깝다고——

바람의 입김조차 없는 무더운 날
다만 소리도 없이 흰 나비 한 마리 스치고 지
나갔다.
그 날개짓 공기가 움직인 것 같지도 않은데
장미는 그걸 느끼고 그만 져 버렸다.

◇이 시는 도이취의 대극작가인 헵벨(ChristianFriedrich Hebbel 1813~1863)의 작품이다.

다우슨

시나라

—지금의 나는 사랑스러운 시나라와 함께 있을 때의 내가 아니다.

지난 밤, 아 어젯밤에 그녀와의 입술 사이에
시나라여! 그대의 그림자가 어른거리며
그대 숨결이 입술 사이와 내 영혼에 내려왔었
지.
하여 나는 쓸쓸해지며, 옛 사랑이 괴로와서
그래, 나는 쓸쓸해져 머리 숙였지.
시나라여, 나는 그대에게 충실했었다.

내 가슴 위에서 밤새껏 그녀의 가슴은 고동쳤
고,

◇이 시에는 달콤한 센티멘탈과 관능의 소용돌이가 넘쳐 흐르고 있다. 그러면서도 기품이 넘쳐 흐르며, 짧은 선율 속에서 '시의 기적'을 이루고 있다. 영국의 시인인 다우슨(Ernest Dowson 1867~1900)은 서른 두 살의 짧은 생애 속에서도 주옥같은 시들을 남겨놓고 있다.

내 품 안에 밤새껏 그녀는 누워 있었느니라.
돈으로 산 그녀의 키스는 정녕 달콤했었으나
그래도 나는 쓸쓸했고, 옛 사랑이 괴로왔다.
내가 잠 깨어 먼 동이 트는 것을 볼 무렵.
시나라여, 나는 그대에게 충실했었다.

나는 잊었다, 시나라! 바람과 함께 사라진 백
  합을 기억에서 지우려 춤추며
남 따라 야단스러이, 장미꽃을 던졌으나
그래도 나는 쓸쓸했고, 옛 사랑이 무척이나 괴
  로왔다.
그래, 춤에 빠져서 나는 마냥 고민했지,
시나라여, 나는 그대에게 충실했었다.

나는 자극스런 음악과 독한 술을 원했으나
향연이 끝나고 램프가 꺼지면
그대 그림자 진다, 시나라여! 밤은 그대의 것,
하여 나는 쓸쓸했고, 옛 사랑이 괴로와서
그대, 내 연인의 입술을 갈망했었지!
시나라여, 나는 그대에게 충실했었다.

데이비스

한 가

이 인생이 무엇이랴, 근심에 싸여,
걸음 멈추고 물끄러미 바라볼 시간이 없다면

나뭇가지 아래 서서 양이나 암소떼마냥
한가롭게 한곳만 바라볼 시간이 없다면.

◇영국의 시인인 데이비스(William Henry Davies 1871~1940)는 단순하고 소박한 언어로 영국 전원의 풍경과 연애·일상사 등을 노래하고 있다.

숲을 지나면서, 다람쥐들이 풀속에
밤알 감추는 것을 볼 시간이 없다면.

환한 대낮에, 강물이 밤하늘처럼
별 가득한 것을 볼 시간이 없다면.

미인의 시선에 몸을 돌려,
춤추는 고운 발을 바라볼 시간이 없다면.
여인의 눈에서 시작된 저 미소를
입으로 더 풍부히 할때까지 기다릴 시간이 없
다면.

이 인생은 하찮은 것. 근심에 싸여
걸음 멈추고 물끄러미 바라볼 시간이 없다면.

마야코프스키

결 론

사랑은 씻겨지는 것이 아니니
말다툼에도
검토도 끝났다
조정도 끝났다
점검도 끝났다
이제야말로 엄숙하게 서툰 싯구를 만들고
맹세하오
나는 사랑하오
진심으로 사랑하오!

◇20세기 러시아 최대의 시인으로 부상했던 마야코프스키(Vladimir V. Mayakovskii 1893~1930) 는 그의 명성에 질투한 스탈린에 의해 살해되었다.

예세닌

어머니에게 부치는 편지

◇러시아의 시인 예세닌(Serge'y Esénin 1895~1925)은 랴자니에서 농부의 아들로 태어났다. 그는 짧은 인생을 보헤미안 생활로 장식했으며, 불행했던 일상을 시로써 승화시켰다.

아직도 살아계십니까, 늙은신 어머님?
저도 살아 있어요. 문안을 드립니다, 문안을!
당신의 오두막집 위에
그 말 못할 저녁 빛이 흐르옵기를.

저는 편지를 받고 있읍니다, 당신께서는 불안을 숨기시고
저를 두고 몹시 애태우셨다고,
자주 한길로 나가곤 하신다고,
옛스런 헌 웃옷을 걸치시고.

당신께서는 저녁의 푸른 어스름 속에서
자주 똑같은 광경을 보고 계십니다——
마치 누군가가 술집의 싸움 속에서
제 심장 밑에 핀란드 나이프를 내리꽂은 것 같은.

아무렇지도 않습니다, 어머님! 걱정하지 마세요.
그것은 다만 괴로운 환상일 뿐입니다.
저는 그렇게 지독한 대주가는 아닙니다——
당신을 뵙지 않고 죽어버릴 만큼의.

예나 다름없이 정겨운 저는
다만 몽상하고 있을 뿐입니다——
끝없는 고통에서 하루 빨리 벗어나
우리의 나지막한 집으로 돌아갈 날을.

저는 돌아가겠읍니다, 어린 가지들이 뻗을때
봄답게 우리 흰 뜰이.
저를 이제 새벽에
8년 전처럼 깨우지만 마세요.

사라진 몽상을 일깨우지는 마십시오,
이루어지지 못한 것을 물결 일게 하지 마십시
오——
너무나 이른 상실과 피로를
저는 인생에서 겪어야 했읍니다.

그리고 저에게 기도하는 것을 가르치지 마십
시오. 필요하지 않습니다!
이제 옛날로 되돌아갈 것이 없읍니다.
당신만이 저에게 있어서는 도움이요 기쁨입니
다,
당신만이 저에게 있어서는 말 못할 빛입니다.
그러니 당신의 불안을 잊으십시오,
저를 그토록 슬퍼하지 마십시오.
자주 한길로 나가곤 하지 마십시오,
옛스런 헌 웃옷을 걸치시고.

클레어

마 리

저녁 한 때
삼라만상이 고요하기 그지없고
초승달이 그 얼굴을
하늘과 더불어 강에 비춘다.

◇이 시는 영국의 시인 클레어(John Clare 1793~1864)의 대표작이다. 그는 학교시절에 마리 조이스라는 여학생을 사귀었는데 이 작

우리가 거니는 길에 밀리면서도
등심초 나란히 줄지은 호수는 거울처럼 해맑다.

품은 바로 그 여학생 마리를 향한 사모의 마음을 시로 승화시킨 것이다.

내 사랑하는 사람의 마음이여,
거닐고 있는 나에게
한없이 즐거운 환상을 속삭이는 것이여,
이제 걸음을 멈추고 나와 더불어
이 고요한 때에 핀 아름다운 꽃을 꺾어
집에 가져 가자꾸나, 반짝이는 이슬도 떨치지 않으리.
마리, 네 착한 마음이여,
내일 밝은 해가 빛날 때에
네 까만 눈동자는 이 꽃을 보리니
내가 슬픔 속에서 모은것
정처없이 오직 혼자서 거니는 고요한 한때지만
너와 함께 거닐고 싶어라.

두리틀

배 나 무

대지에서 들어 올려진
은빛 가루,
내 손길이 닿지 않는 높이에
너는 올라 앉았다.
오, 은(銀)이여,
내 손길이 닿지 않는 높이에서
너는 큰 덩어리 되어 우리를 마주 대한다.

◇미국의 시인 두리틀(Hilda Doolittle 1886~)은 펜실베니아 태생으로 최근에는 스위스에서 살고 있다. 그는 수정처럼 맑으면서도 희랍 고전시의 우아함도 함께 풍기는 서정시를 많이 발표하였다.

그 어떤 꽃도 그처럼 미더운
흰 꽃잎을 피운 일 없고,
어떠한 꽃도 그처럼 희귀한 은에서
은을 갈라 놓은 적이 없다.
오, 흰 배여,
가지에 무성한
너의 꽃떨기는
그 자주빛 화심(花心)에
여름과 무르익은 열매를 가져온다.

무어

늦게 핀 여름의 장미

오직 한 송이 피어 남아 있는
늦게 핀 여름의 장미여.
아름다운 벗들은 모두 다
빛 바래어 떨어지고 이제는 없다.
붉은 수줍은 빛깔을 비추면서
서로 한숨을 나누고 있다.
벗이 되어 주는 꽃도 없고
옆에 봉오리진 장미조차 없다.

쓸쓸하게 줄기 위에서
시들고 말아서야 될 노릇이랴.
아름다운 벗들 모두 잠들었으매
가서 너도 그들과 함께 자거라.
그러기 위해 너의 잎을 잠자리에
나는 정성껏 뿌려 주리라.
너의 벗들이 향내조차 없이

◇이 시의 주제는 인생의 무상함이다. 아일랜드의 국민 시인인 무어(Thomas Moore 1779~1852)의 대표작이다.

누워 있는 그 근방에다.

네 뒤를 따라 나 또한 곧 가리니
벗들과의 사귐도 바래지고
빛나는 사랑의 귀한 굴레로부터
구슬이 한 방울 떨어져 사라질때
진실된 사람들 숨져 눕고
사랑하는 사람들 덧없이 사라질 때,
침울한 세상에 오직 혼자서
아아! 누가 길이 살 수 있으랴?

레르몬토프

시인(詩人)의 죽음

◇레르몬토프(Mikhall Lérmontov 1814~1841)는 푸쉬킨과 더불어 러시아 낭만주의 최대의 시인으로 꼽히고 있다. 이 시는 그의 수작(秀作)이다.

명예의 노예—시인이 죽었다!
소문의 비방을 받아—쓰러졌다.
복수의 적개심으로 가슴에 총탄을 맞고
자랑스런 얼굴을 숙이면서!
시인의 영혼은
사소한 모욕의 불명예를 참지 못하고
전처럼 홀로 세상의 소문에 대항해
분명히 일어섰다—그리고 죽었다!
죽은 것이다……
불필요하고 가슴 아픈 칭송이 공허한 찬미 의
흐느낌과 변명을
이제 무엇으로 형상화하겠는가!
운명의 심판은 행해졌다!
우선 그토록 악이있게
그의 자유 분망하고 대담한 재능을 몰아세울

수 없지 않았는가?
그리고 도대체 장난으로
보호받는 불을 끌 수 있었는가?
뭐라고?즐거워하라……
그는 뒤따르는 고통을 참을 수가 없었던 거야.
훌륭한 천재는 램프처럼 꺼졌고
엄숙한 화관처럼 시들었다.

살인자는 냉정하게
일격을 가해서……소생은 불가능했고
그의 가슴은 정상적으로 뛰고
손에 들고 있는 총은 떨리지도 않았다.
놀랄 만한 게 무엇이 있는가?
운명의 의지로 우리에겐
행복과 지위를 노리는 먼 곳에서 온
약 백 명의 도망자들 비슷한 자가 있었다.
웃으면서 그는 대담하게
다른 나라의 언어와 습관을 비웃었고
그는 우리의 명예에 관대할 수 없었고
피 흘리는 그 순간 손에 무엇을 들고 있었
는지를 이해할 수 없었다.
그는 죽었다——그리고 묘지로 옮겨졌다,
마치 알려지진 않아도 사랑스럽고 막연한 시샘
의 포로인,
아주 멋진 능력으로 그에게서 칭찬을 받았고,
〈그 시인처럼〉 무자비하게 파멸 당한
그 가수처럼.

왜 그는 평화스런 안락과 소박한 우정을 버리
고

자유 분망한 마음, 불타는 정열을 위해
시기심 많고 지겨운 이 세상에 투신했는가?
왜 불필요한 비웃음에 악수를 했는가,
왜 거짓말과 거짓 포옹을 믿었는가,
그는 젊은 시절부터 포용력이 있는 사람이
었던가?……

그는 옛날에 화관을 벗어 버리고 대신
월계수로 장식된 자두나무 화관을 썼다.
그러나 숨겨진 바늘들이 가혹하게도
영광스런 이마를 찔렀도다——
그의 마지막 순간은
조롱하기 좋아하는 무식장이들의 음침한 흉계
에 의해
독으로 가득찼고,
그리고 죽었다——
허무한 복수의 열망과 함께.
기만된 희망의 은밀한 걱정과 함께.
기적의 노래소리는 잠잠해졌고
그에겐 다시 들리지 않는다.
시인의 안식처는 음침하고 협소해
입술은 꽉 다물어 있다.

너희들, 알려진 비열한 행위로
이름을 떨칠 조상의 오만한 자손들이여.
운명의 장난으로 모욕당한 가문을
비굴한 발뒤꿈치로 짓밟은 쓰레기여!
너희들, 왕좌 옆에 탐욕스런 무리를 이루고서
있는
자유와 천재와 영광을 사형에 처하는 망나니들

이여 !
너희들은 법의 그늘 밑에 숨어 있어
너희들 앞에서는 심판도 정의도——모두 침묵을 지키는구나 !
그러나 타락의 아첨자들이여, 신의 심판이 있도다 !
추상 같은 심판——그것이 기다리고 있도다.
그것은 황금의 빛도 다가오게 하지 않는다.
너희들의 생각이고 행동이고 그것은 벌써 알고 있다.
그때 너희들이 중상에 매달려도 헛된 것이다.
중상도 이제 너희들을 돕지는 않는다.
너희들의 모든 검은 피를 가지고도
시인의 올바른 피를 씻어내지는 못할 것이다 !

네끄라소프

고 향

여기에 또다시, 낯익는 여러 곳,
내 선조의 무익하고 공허한 생활이
술판과 무의미한 오만과
더러운 방탕과 비열한 포학 사이에서 흘렀던 곳.
짓눌리며 떠는 노예 무리가
지주의 보잘것없는 수캐들의 생활을 부러워했던 곳,
내가 세상을 보도록 운명지워졌던 곳,
참고 미워하는 것을 내가 배웠던 곳,
하지만 미워하는 것을 마음속에 부끄럽게 숨

◇네끄라소프(Nikolai Alekseevich Nekrásov 1821～1878)의 시는 귀족적이면서도 대중의 일상적인 언어를 훌륭하게 구사함으로써 많은 독자들에게 널리 애송되고 있다.

기면서,
때때로 나도 지주이기도 했던 곳.
때도 아직 덜 되어 타락한 내 넋에서
그렇게도 빨리 행복한 평온함이 날아가 버리고
어린애답지 않은 욕구와 불안의
괴로운 불길이 빨리도 심장을 불살랐던 곳…
화려하고 놀라운 날들이라는 떠들썩한 이름으로
알려진 청춘의 날들의 여러 추억이
내 가슴을 원한과 우울로 가득 채우고 나서
성장을 하고 내 앞을 지나간다……

여기에 어둡고 캄캄한 뜰이 있다……길게 뻗친 나뭇길 속의 나뭇가지 사이로
누구의 모습 병적으로 슬픈 모습이 번뜩이고 있는 것인가?
나는 알고 있습니다, 왜 당신께서 울고 계신지, 어머님!
누가 당신의 인생을 파멸시켰는지……오, 알고 있어요, 나는 알고 있습니다……
한평생 음울한 무식장이에게 맡겨져
덧없는 희망에 당신께서는 의지하지 않으셨나요——
운명에 거슬러 일어서려는 생각에 두려움을 느끼면서도
당신께서는 자기의 운명을 침묵 속에서 견디어내셨읍니다……
하지만 알고 있읍니다——당신의 넋은 무감각하지 않으셨읍니다.

그녀는 의젓하고 의연하고 아름다우셨다,
그래서 참고 견뎌내실 수 있었던 모든 것을
당신의 임종의 속삭임은 가해자에게 용서하셨던 것입니다.

그리고 너도 목소리 없는 이 인고의 어머니와 함께
무서운 운명의 슬픔이나 치욕을 나누어 가졌던
너도 또한 이제 없다, 내 넋의 누이여!
농노 출신의 정부들과 사냥개지기들의 집에서
치욕에 의하여 내몰린 너는 네 운명을 맡겼다
알지도 못하고 사랑하지도 않은 자에게……
하지만 제 어머니의 슬픈 운명을
이 세상에서 되풀이하고 난 뒤
너는 무덤 속에 누웠다
싸늘하고 엄격한 미소를 띠고
잘못을 뉘우치고 울음을 터뜨렸던 망나니
자신이 부르르 몸을 떨었을 만큼의.
여기에 잿빛의 낡은 집이 있다……
지금은 비어 있고 황량하다——
여인들도 개들도 광대들도 노예들도 없는 것이다——

하지만 옛날에는?……나는 기억하고 있다
——여기서는 무엇인가가 모든 사람들을 짓누르고 있었다.
여기서는 어린애고 어른이고 슬프게 심장이 아팠었다.
나는 유모에게로 달려가곤 했다……아, 유모

여 ! 몇차례
나는 그녀를 생각하고 눈물을 흘렸었던가, 가
  슴이 답답할 때.
그녀의 이름을 들을 적마다 감동하여
내가 그녀에게 대하여 경건을 느낀 것이 오래
전의 일이었던가? ……
그녀의 무의미하고 유해한 선량함의
많지 않은 특색이 내 기억 에 되살아나면
내 가슴은 새로운 적의와 증오로 가득 찬다
아니다 ! 내 반역의 거친 청춘 속에는
넋에 위로가 되는 추억 따위는 없다.
그러나 초년부터 내 인생을 속박하고 나서
물리칠 수 없는 저주로 나를 내리눌렀던 모든
  것――
모든 것의 근원이 여기에, 내가 태어난 고을
  에 있다 ! ……
둘레에 혐오의 시선을 던지면서
기쁘게 나는 본다, 베어 눕혀진 어두운 침엽
  수의 숲
괴로운 여름의 방패와 시원함,
그리고 밭도 불태워져 버리고 가축이 게으름
  피우며 졸고 있다.
말라붙은 개천 위에 목을 늘어뜨린채,
또 텅 빈 음산한 집이 비스듬히 쓰러져가고있
  다.
거기서는 술잔 소리와 광희의 목소리에
짓눌린 고통의 메아리 없는 영원한 먼 우르렁
  거림이 반향하며
모든 사람들을 짓눌렀던 자 혼자만이
자유로이 숨을 쉬고 있기도 하고 행동하기도

하고 살고 있기도 했던 것이다……

부 닌

샛 별

〈성 소피아〉 사원 뜰엔 비둘기가 날고 수도승
 이 흥얼거리고 있었다.
〈에레크세움〉은 말없이 서 있고
폐허가 된 박물관엔 호머식 싯귀의 시들이
싸늘히 식은 채로 염증을 내고 있었다.

거대한 스핑크스는 슬픔에 싸여 사막 위에 웅
 크리고 있고
사방에서 동떨어진 이스라엘은 비탄에 젖어
빛 바랜 녹슨 율법책을 모으고 있었다.
그리스도는 탐욕스러런 베들레헴을 포기했다.

여기 천국 같은 레바론. 새벽은 진홍빛으로타
 오르고
눈 덮인 산은 차라리 은덩어리,
동굴에선 짐승의 무리가
비탈 아래로 나와 헤매고 있구나.

아벨의 세계여 !
동심처럼 순결한 신앙의 날들이여 !
〈안티레바론〉의 벗겨진 산등성이 뒤에서
샛별이 꺼질 듯 비추고 있다.

◇이 시는 부닌(Ivan Alektseevich Bunin 1870～1953)의 대표작이다. 그는 러시아의 시인이며 소설가이다. 그는 자연의 시세계를 개척하여 전원의 아름다움과 폐허의 슬픔 등을 감상적으로 노래하였다.

헤 릭

수선화에게

아름다운 수선화여, 네가 그토록 빨리
가버리는 것을 보고 우리 이렇게 눈물 짓는다.
일찍 솟는 태양이 아직
중천(中天)에도 다다르지 못했거늘, 너는 가
는가,
머물러라, 머물러라,
길을 서두는 저 해가
달려서
저녁 기도 시간이 될 때까지 만이라도,
그러면 우리 함께 기도 드린 다음
너를 따라 가련다.

우리 인생도 너처럼 머무를 시간이 짧고,
우리 봄도 너의 것처럼 짧단다.
하여, 너나 또는 그 어떤 것이나 다름없이
어느 사이 자라나 쇠망하여 죽고 마느니라.
너의 생명이 자라서
여름비마냥
말라 없어지듯이,
아니면, 아침 이슬 진주방울이
다시 찾아 볼 수 없게 되듯이.

◇영국 시인 헤릭(Robert Herrick 1591~1674)은 런던에서 태어나 케임브리지대학을 졸업한 후에 승려직에 종사하였다. 그러면서 그는 감미롭고 우아한 서정시를 많이 남겼다. 그의 시는 매우 솔직하고 이교적(異教的)인 작품으로 높이 평가받고 있다.

소녀들에게 주는 충고

너희가 할 수 있는 동안에 장미 봉오리를 모
아라.
「늙은 시간」은 끊임없이 날이 가
오늘 미소짓는 바로 이 꽃이

◇이 시는 인생의 덧없음을 노래한 작품이다. 한 번 흘러가버린 세월은 두 번 다시 붙잡을 수 없다는 것을 강조하고 있다.

내일이면 지고 말지니.

하늘의 찬연한 등불, 저 태양이
높이 오르면 오를수록
그만큼 더 빨리 그 뜀박질은 끝나고
일몰에 더 가까와지거든

젊음과 피가 보다 뜨거운
인생의 첫 시절이 가장 좋으나
그것이 사라지면 더 나쁜, 그리고는 가장 나쁜
시절이 잇따르니라.

그러니, 수줍어 말고, 시간을 활용하라.
그리고 할 수 있는 동안에 결혼 할지니
청춘을 한번 보내 버리면
너희는 영원히 기다려야 하느니라.

비 용

옛 미녀를 노래하는 발라드

내게 말하라 어느 나라 들판에
로마의 미녀 플로라는 있는가
아르키아데스와 또한 타이스는
그 아름다움에서 한 핏줄의 자매니라.
강물의 언저리나 연못 가에서
부르면 대답하는 메아리 에코
그렇게 아름다운 것 세상에 없느니
오오 옛 미인들은 어디에 있는가.

◇이 시는 프랑스 시인인 비용(Francois Villon 1431~1463)의 대표작이다. 유럽 중세 말기의 대혼란 속에서 태어난 그는 괴로움에 단련되어 인간 사회의 모습과 자기의 내부를 리얼하게 노래하고 있다.

지금 어디 있는가 지성 높은 엘로이즈
그녀 탓에 아벨라르는 남성을 잃고
생드니에서 수도승이 되었나니
상랑 탓에 당해야 했던 괴로움이어라.
지금 어디 있는가 뷔리당을
자루에 집어넣고 센 강에다
던지라고 명령한 여왕님은
오오 옛 미인들은 어디에 있는가.

인어 같은 목소리로 기막히게 노래하던
백합 같은 흰 얼굴의 블랑슈 태후
발이 큰 베르트 공주, 비에트리스
　그리고 알리스
멘느 고을 다스리던 아랑뷔르지스
루앙에서 영국인이 화형에 처한
로렌의 위엄있는 잔느, 이 여인들은
지금 어디 계신가, 성모님은 아시는가
오오 옛 미인들은 어디 있는가.

노래하는 그대여, 내가 말한 미인들이
어디로 갔는지 묻지 말아라.
가락 없이 후렴만 되풀이하자
오오 옛 미인들은 어디 있는가.

회한(悔恨)

늙음의 입구에 서기까지
남달리 즐거왔던 나의 젊은 시절을,
그리고 나에게 자신의 떠남을 숨겼던 나의
젊은 시절을,

◇이 시 역시 비용의 대표작이다. 그의 시세계를 충분히 엿볼 수 있는 작품이다.

나는 슬퍼한다.
그 시절은 걸어서 가버린 것도
말을 타고 가버린 것도 아니니 도대체 어떻게
가버렸단 말인가?
결국 느닷없이 날아가버린 채
나에게 남겨준 것 아무 것도 없어라.

그 시절은 가버리고,
나는
세금도 연금도 가진 하나 없이
슬프고 막막하여 검은 오디 열매보다도 더욱
암담한 모습으로
이곳에 머물러 있다.
사실 말이지만, 친척 가운데 가장 하찮은 자가
내 수중에 몇 푼의 돈이 없다 하여
당연한 의무를 망각하고
나를 모른 체하기에 급급하니.
아, 한심하도다. 미친 듯한 내 젊은 시절에,
배움에 열중하고
건전한 생활을영위하였다면
나도 지금쯤은 집도 푹신한 침대도
가질 수 있었을 것이건만,
허나 어떠했는가! 마치 악동처럼
나는 학교를 등지고 떠났으니,
이 글을 쓰면서도
내 가슴은 찢어질 것만 같아라.

그 옛날 함께 어울려 다니면서
그토록 노래 잘하고 말 잘하며
언어와 행동이 그토록 유쾌하던

우아하고 상냥한 친구들,
지금은 어느곳에 있는가?
몇몇은 죽어 차디차게 굳어버렸으니
그들에게서 남은 것 이제는 아무 것도 없어라.
천국의 안식이 그들과 함께 하기를,
그리고 살아 남아 있는 자에게는 신의 가호
가 있기를!

또 몇몇은
다행이도 대영주나 기사가 되기도 하였으나,
또 몇몇은 온통 헐벗은 채 걸식하며
창문을 통해서나 음식을 구경할 뿐이고,
또 몇몇은
굴 따는 사람처럼 각반 차고 장화 신고
셀레스텡이나 샤르트뢰 수도원에
들어가 은둔생활을 하고 있으니,
그 신분 다양도 하지 않고?

롱사르

마리의 사랑

일어나라, 요 귀여운 게으름뱅이,
종달새 노래 벌써 하늘에 높고,
찔레꽃 위에 앉아 꾀꼴새도,
지절대고 있지 않니 정다운 노래를.

자! 일어나 진주 맺힌 풀을 보러 가자,
봉오리 관을 인 장미나무랑,
엊저녁에 정성스런 손으로 물 준

◇프랑스 르네상스 최대의 시인인 롱사르(Pierre de Ronsard 1524~1585)는 중세의 쇠약해진 시를 혁신하여 프랑스의 시를 정상으로 끌어올린 공로자이다.

예쁜 네 패랭이꽃을 보러 가자.

어젯밤 잠잘 땐 오늘 아침에,
나보다 먼저 깬다고 맹세했었지.
허나 예쁜 소녀에겐 곤한 새벽잠

거슴츠레한 눈엔 아직도 단잠.
자아, 자! 네가 어서 일어나도록
눈이랑 젖꼭지에 뽀뽀해 주마.

엘렌에게 보내는 소네트

늙음이 찾아온 어느 저녁, 등불 아래서
난로가에 앉아 실을 풀어 베를 짜면서
내 노래를 읊으며 그대는 놀라 말하리.
"지난 날 나를 노래한 이는 롱사르."

그럴 때 이미 피곤에 지친 눈시울은
졸음에 겨워 모르는 새에 감기다가도
롱사르라는 영광스러운 이름을 들으면
정신 번쩍 들리라, 자랑스러운 이름이여,

내 이미 묻혀 뼈조차 삭은 망령 되어
미리또나무 그 그늘에 편히 쉴 적에
그대는 노파되어 난로가에 있으리.

내 사랑 거절한 교만을 그대 뉘우치리.
살아라, 나를 믿거든 내일을 믿지 말라.
주저 말고 오늘 꺾어라, 생명의 장미.

◇이 시는 롱사르가 엘렌을 연모하는 마음을 읊은 작품이다. 가을의 우수와 네오플라토니즘의 투명한 서정이 시를 한층 성공시키고 있다. 〈마리의 사랑〉과 더불어 롱사르의 대표작에 속한다.

퐁테느

노인과 세 청년

여든 살 노인이 나무를 심었다.
「집을 짓는다면 몰라도, 그 나이에 나무를 심다니.」
이웃의 세 청년이 말했다.
정말 노인은 노망이 들었다.
「왜냐하면, 제발 너희들이 해보지,
이 수고의 어느 열매를 너희들이 거둘 수 있을까?
족장만큼이나 너희들이 늙어야 할텐데
인생을 너희 것도 아닌 앞날에 대한 걱정으로 채워 보았자 무슨 소용이 있을까?
이제부터는 예전의 과오밖에는 생각하지 말라.
그 오랜 희망과 막연한 생각을 거침없이 버리라.
이것은 우리에게 해당되는 것,
너희에게만 해당되는게 아니지.」
노인은 다시 일을 계속했다. 이룸은
늦게 오지만, 오래가지 못한다.
「운명의 여신은 창백한 손으로
너와 나의 앞날을 똑같이 가지고 논다.
우리의 종말은 짧다는 점으로 비슷해
우리들 중의 그 누가 맨마지막으로
창공의 광명을 즐길 수 있을까?
단 일초라도 너희 것이라고 보장해 주는 순간이 있을까?
내 자손들이 즐길 이 나무 그늘은 내 덕분이

◇프랑스가 낳은 우화시의 대가 퐁테느(Jean de La Fontaine 1621~1695)의 대표작이다. 그의 작품집으로는 유명한 「우화시집」이 있다.

지.
그래, 너희들은 현인이 남들의 즐거움을 배려
해주는 것을 금하고 있지.
이것도 오늘 맛보는 과일이야.
내일도 난 그걸 즐길 수 있고, 앞으로도 그렇
지.
나는 이제 너희들 무덤 위에 비치는 새벽빛을
셀 수있어.」
노인은 옳았다. 세 청년중 하나는
아메리카로 가다가 항구에서 익사하고,
다른 하나는 출세하기 위해
공화국 군대에 입대했으나
예기치 못한 사고로 죽었다.
세 번째 청년은 그 자신이 접목하려던 나무에
서 떨어졌다.
그래서 노인은 눈물을 흘리며, 대리석 위에 새
겨 놓았다.
지금의 이야기를.

라마르틴

호 수

이렇게 늘 새로운 기슭으로 밀리며
영원한 밤 속에 실려 가 돌아오지 못하고
우리, 단 하루라도 넓은 세월의 바다 위에
닻을 내릴 수는 없는 것일까?
오오 호수여! 세월은 한 해의 운행조차 못했
는데
그녀가 다시 보아야만 할 정다운 이 물가에

◇이 시는 라마르틴(Alphonse de Lamartine 1790~1869)의 대표작이다.이 시는 프랑스의 낭만주의를 대표하는 수작(秀作) 가운데 한 편으로 널리 애송되어지고 있다.

보라, 그녀가 전에 앉아 있던 이 돌 위에
나 홀로 앉아 있노라!

그 때 너는 바위 밑에서 흐느끼었고
그 때도 너는 바위에 부딪쳐 갈라지면서
그 때도 너는 물거품을 내던지고 있었다.
사랑스런 그녀의 발에.

그날 저녁의 일을 그대 기억하는가.
우리 말없이 배를 저을 때 들리는 것이란
이 지상에서 오직 조화있게 물결 가르는
우리의 노 젓는 소리뿐이었다.

갑자기 이 세상의 소리 같지 않은 목소리가
먼 둔덕 기슭으로부터 울려 왔느니
물결은 갑자기 고요해지고 그윽한 소리는
내게 이런 말을 들려 주었다.

"오 시간이여 운행을 멈추고
너 행복한 시절이여 흐름을 멈추라!
우리네 일생의 가장 아름다운 날들로
덧없는 기쁨이나마 맛보게 하라.

수많은 불행한 이들이 너를 기다리느니
시간이여 그들을 위해 빨리 가거라.
그들의 불행도 시간과 함께 앗아 가고
행복한 사람일랑 잊어 버려 다오."

이 잠시의 유예나마 바람은 쓸데 없는 일
시간은 나를 비껴 자꾸만 달아나고

나는 밤을 향해 "천천히 밝아라" 말했으나
　새벽은 서둘러 와 밤을 쫓는다.

"사랑하리라, 사랑하리라! 덧없는 시간이니
이 짧은 시간을 어서 즐겨야지.
사람에겐 항구가 없고, 시간에 기슭이 없느니
　시간은 흐르고 우리는 사라지네!"

시샘 많은 시간이여, 사랑겨운 이 순간
우리에게 행복을 안겨 주는 이 도취의 순간도
저 불행의 날처럼 우리로부터 빠르게
　멀리 날아 가야만 하는 것인가?

뭐! 도취의 흔적조차 남겨 둘 수 없다고?
뭐, 영원히 갔어? 뭐라고! 사라졌다고?
도취를 주었던 이 시간, 또 지우는 이 시간이
　다시는 돌려 지지 않을 것인가?

영원, 허무, 과거, 또한 어두운 심연이여,
너희가 삼킨 날들을 어찌하려 하는가?
말하라, 우리에게서 빼앗아 간 지상의 도취를
　언제면 우리에게 돌려 주려나?

오 호수, 말없는 바위, 동굴, 검은 숲이여!
때에 따라 변치 않고 젊어지는 그대들이여
이 밤을 간직하라, 아름다운 자연이여
　이 추억만이라도 간직해 다오!

아름다운 호수여, 그대의 휴식이든 폭풍 속이
　든

또한 그대의 미소짓는 언덕의 모습에서는
검은 전나무나 또한 바위 위에 뾰죽 솟은
이 거치른 바위 속에서든 간에 !

살랑살랑 부는 산들바람 속에서든지
메아리치는 호수가의 그 노래 속에서든지
그대 수면을 부드러운 빛에서 희게 물들이는
은빛 이마의 별속에든지 !

흐느끼는 바람, 한숨짓는 갈대
호수의 향긋하고 가벼운 향기
듣고 보고 숨쉬는 모든 것이 속삭이리니
"그들은 서로 사랑하였느니라 !"

비 니

늑대의 죽음

1
훨훨 타오르는 불길 위로 번져가는 연기처럼
구름이 불덩이 같은 달을 감싸면서 흐르고 있었고,
숲은 아득한 지평선 끝까지 검기만 하였다.
우리는 아무말도 없이, 축축한 풀밭 위로
깊은 숲속 키큰 히이드가 우거진 황야를 걷고 있었다.
그때, 랑드지방의 전나무 숲 같은 속에서
우리가 추적해온 방랑자 늑대의 커다란 발톱 자국을 보았다.
숨을 죽이고, 발을 멈춘 채 우리는 들어 보았

◇이 시는 프랑스의 시인비니(Alfred de Vigny 1797~1863)의 대표작이다. 그의 작품에는 주로 만물의 영장인 인간의 어느 것과도 타협할 수 없는 결백성이 깃들어 있다.

다. ──숲도 들판도 아무런 한숨 소리를 허공에 토해 놓지 않고 있었다.

다만

검은 바람개비만이 창공을 향해 윙윙 소리내고 있었다.

땅 위에서 높이 떠돌고 있는 바람은

여기저기 외롭게 떨어져 있는 망루들만을 겨우 스쳐지나가고 있었기 때문이었다.

그래서 망루 밑의 참나무들은, 비스듬한 바위에,

팔꿈치를 고인 채 잠들어 누워 있는 듯하였다.

아무 소리도 들릴 리가 없었다. 그때, 머리 숙여

살펴보고 있던 사냥꾼들 중의 제일 늙은 이가

바싹 몸을 엎드리면서 모래를 내려다보았다.

곧 이어

이런 일에 한 번도 실수한 일 없는 그가 아주 낮은 목소리로 이 생생한 자국들은

두 마리 큰 늑대와 두 마리 새끼늑대의 힘찬 발톱자국임을 알려 주었다.

그러나 우리 모두는 칼을 준비하였다.

그리고 총과 흰 섬광을 내는 칼을 숨기면서

나뭇가지를 헤치면서 한발한발 앞으로 나아갔다.

세 명이 우뚝 멈춰 섰다. 나는 그들이 무엇을

보고 그러는가 하고 두리번대다가,

갑자기 불 뿜는 두개의 눈을 보았다.

그리고, 그 넘어로 네개의 민첩한 형상들이

숲 한가운데에서 달빛을 받으며 너울너울 춤추고 있는 것이 보였다.

그것은 마치 매일 주인이 돌아올 때마다
큰소리를 지르며 좋아하는 사냥개의 모습같았다.
그들의 생김새와 춤추는 모습이 사냥개와 흡사했다.
그러나 새끼 늑대들은 그들이 적인 사람들이 아주 가까운 곳에서 반쯤 잠든 채 누워 있다는 것을 알고 있다는 듯이,
조용조용히 춤추고 있었다.
아비늑대는 서 있었다. 좀 떨어진 곳에서 어미늑대는 나무에 기대어 쉬고 있었다. 털이 잔뜩 난 옆구리로
반신반인 레뫼와 로밀뢰스를 품어 주고 있던 그 옛날의 로마인들이 찬양하던 대리석 암늑대의 모습 같았다.
아비늑대가 와서 앉았다. 두 발을 똑바로 뻗어
갈퀴모양의 발톱을 모래에 폭 박았다.
기습을 당했으니 도망칠 길은 막혀버렸고,
모든 길이 막혀버렸으니 이제 끝장이라고 판단한 것 같았다.
그때 그는 불타는 입을 벌려
가장 크고 대담한 사냥개의 헐떡이는 목을 꽉 물었다.
그리고는, 우리가 쏜 총알이 그의 몸을 꿰뚫고 지나가도
우리의 예리한 칼이 집개처럼
그의 넓은 내장을 이리저리 찢어 휘둘러대도
목 물린 개가 그보다 훨씬 먼저 죽어서
그의 발 밑에 굴러 떨어지는 마지막 순간까지

그의 강철과 같은 턱을 풀어 놓지 않고 있었다.

그때, 늑대는 개를 풀어버리고 우리를 바라보았다.

그의 허리에 손잡이까지 찔려 박힌 칼들은

피로 흠뻑 물들은 풀밭에 그를 못박은 것 같았다.

우리의 총들이 무시무시하게 그를 빙 둘러쌌다.

우리를 다시 한번 노려보고 나서, 늑대는 입가에 흘러 퍼지는 피를 핥으면서 다시 누웠다.

그리고, 그가 어떻게 죽는가 알려고 하지도 않는 채

큰 눈을 감으며, 외마디소리도 지르고 않고 서 죽어간다.

2

나는 화약 없는 총대에 이마를 기대고

생각하기 시작했다. 어미늑대와 새끼들을

추적할 결심을 할 수가 없었다. 그들 모두 셋은

아비늑대를 기다렸을 것이다. 나의 생각대로라면,

아름답고 슬픈 어미늑대는 두 마리 새끼만 없었다면,

아비늑대 혼자서 그 뼈아픈 시련을 겪도록 하지는 않았으리라,

그러나 어미늑대의의무는, 새끼들을 구해 배고픔을 참는 것을 그들에게 가르쳐 주어야

했고,
잠자리를 얻기 위하여 인간의 앞잡이 노릇을 하며,
숲과 바위를 최초에 소유한 늑대들을 몰아내고 있는
비굴한 짐승인 개들과 인간이 함께 맺은
도시의 계략에 결코 빠져들지 않도록 가르쳐야 했다.

3

아 ! 인간이라는 위대한 이름을 우리는 갖고 있음에도 불구하고,
우리는 얼마나 약하며, 우리는 얼마나 부끄러운가 !
생명과 고난을 어떻게 마무리져야 하는가를
고귀한 동물이여, 너만은 아는구나.
땅 위에 살면서 거기에다 우리가 남기는 것이 무엇인가를 살펴볼 때
침묵만이 위대하고, 그밖의 모든 것은 연약할 뿐이다.
—아 ! 야생의 여생자여, 나는 너를 잘 이해하겠다.
너의 마지막 시선은 나의 심장에까지 와 닿았다.
너의 시선은 이렇게 말하고 있었다.「가능하다면 근면하고 깊이 사색해서
이 드높고 고 결한 스토아적인 경지에 이르게 하라.
숲에서 태어난 나는 쉽사리 그 경지에 도달할 수가 있다.

신음하고, 울고, 기도함은 모두 비겁하다.
운명이 너를 인도해 가는 길에서,
힘차게 너의 길고 무거운 삶의 과업을 수행해 가라,
그리고 나서, 나처럼 시련을 견디며 말없이 죽어가라.

커루우

노 래

내게 더 이상 묻지 마시오, 6월이 지났을 때.
시드는 장미를 조오브 신(神)이 그 어디에 간직해 두는가를,
그대 아름다움의 깊은 심연속에서
이 꽃들은, 그 봉오리 속에서처럼 잠들고 있답니다.

내게 더 이상 묻지 마시오. 낮의 황금 빛 원자(原子)가
어디를 헤매게 되는가를,
순결한 사랑 속에 하늘이 그대 머리카락을
화사하게 장식하고자 그 빛 가루일랑 마련하였답니다.

내게 더 이상 묻지 마시오, 5월이 지났을때.
나이팅게일이 바삐 가버리는 곳을,
감미로운 노래 떨치는 그대 목청 속에서
나이팅게일은 겨울을 나면서 그 노래를 따뜻이 간직한답니다.

◇영국의 시인 커루우 (Thomas Carew 1591~1639)는 찰스 1세의 궁정시인이다. 그는 방탕한 생활에 탐닉하면서도 아름답고 부드러운 연애시를 많이 남겼다. 이 시는 장시(長詩) 〈황홀〉과 더불어 그의 대표작으로 꼽힌다.

내게 더 이상 묻지 마시오. 한밤중 아래로 떨어지는
저 별들이 그 어디에 내리는가를
그대의 눈 속에 그 별들은 내려 앉고 거기에
천계(天界)에서처럼 고정되어 있답니다.

내게 더 이상 묻지 마시오. 불사조가 그 향긋한 둥지를
동쪽에 짓는지 서쪽에 짓는지를
끝내 불사조는 그대에게 날아와
그대의 향기로운 가슴 속에서 죽는 답니다.

르콩트 드 릴

정오(正午)

들판에 펼쳐진 여름의 왕인 정오,
저 높은 푸른 하늘로부터 은빛 열기를 퍼붓고 있다.
모든 것이 침묵만을 지킨다, 대기는 훨훨 불타 바람결 하나 없이 타오른다.
대지는 그 불타는 옷을 입은 채 꿈꾸듯 졸고 있다.

광활한 들판에 그림자 한 점 없고,
양떼들이 물 마시던 샘은 말라 붙었다.
저 멀리 떨어진 숲은 기슭이 어둡게 물들은 채,
무거운 휴식 속에 꼼짝 않고 잠들고 있다.
키 크게 자라난 밀만이, 금빛 바다물결처럼

◇이 시는 프랑스의 고답파시인인 르콩트 드 릴(C. Leconte de Lile 1818~1894)의 대표작이다. 그의 시의 바탕에는 주로 짙은 염세주의적인 인생관이 흐르고 있다.

저 멀리 펼쳐지고 있어, 낮잠을 비웃고 있는
듯했다.
성스러운 대지의 평화로운 결실인 밀은
아무 두려움 없이 태양을 퍼마시고 있다.

때때로, 잘익어서 무거운 이삭들이 속삭 이는
가운데에서 새어 나오는
불타는 영혼의 한숨 같은
느리고 의젓한 파동이
일어나, 저 아득한 지평선에까지 퍼져가곤 한
다.
멀지 않은 곳 풀밭에 몇 마리의 흰 황소가 누
워,
두껍게 살이 찐 목에다 느릿느릿 침을 흘리
면서
힘없는 느긋한 눈으로 끝없는
내면의 꿈을 쫓고 있다.
인간이여, 만일 당신이 가슴 깊숙이 기쁨이나
슬픔을 안고서,
정오 때 빛나는 들판을 지나간다면,
그것을 피하시오! 자연은 텅 비어 있고, 그
리고 태양은 불타오르니!
아무것도 여기에서는 살 수 없으며, 즐거운 일
도 슬픈 일도 없기 마련이오.
그러나 만약에 눈물과 웃음을 깨우치고,
이 소란스런 세상을 잊어버리려고 번민하면서,
용서와 저주를 잊은 당신이,
나른한 최고의 관능을 맛보려거든,

오시오! 태양은 숭고한 언어로 당신에게 말하

리라.
가차 없는 그 불길 속으로 끝없이 당신을 몰입
시키시오.
그리고 신성한 무의 세계에 일곱번 젖어든 마
음으로
보잘것 없는 도시로 천천히 발길을 돌리시
오.

콰지모도

아무도 없으니

나 죽은이들을 두려워하는
어린아이와 같건만,
그러나 죽음은
모든 피조물로부터
그 아이를 떼어 놓기 위해
가까이 다가서나니,
죽음은 그 아이를
다른 어린이들로부터,
나무들로부터
모든 벌레로부터
슬픔을 아는 모든 것으로부터
그를 떼어 놓으려 하노라.

그는 별다른 지혜와 재주
없기에, 그의 앞날은
암담하기만 하고
주여 그대 옆에 가
그 아이 울 수 있게

◇전쟁을 반대한 시인 콰지모도(Salvatore Quasimodo 1901~1968)의 대표작으로 꼽히고 있는 이 시는 평화주의자로서의 그의 시 세계가 잘 드러나 있는 작품이다.

그를 인도하여 줄 이는
여기 아무도 없노라.

흄

가 을

가을 밤의 싸늘한 촉감——
나는 밤을 거닐었다.
얼굴이 빨간 농부처럼
불그스레한 달이 울타리 너머로 굽어보고
　있었다.
말은 걸지 않고 고개만 끄덕였다.
도회지 아이들같이 흰 얼굴로
별들은 생각에 잠기고 있었다.

◇영국의 비평가이며 시인인 흄(Thomas Ernest Hulme 1881～1917)은 케임브리지대학을 중퇴한 후 런던에서 독학을 하였다. 그러다가 독일의 백림으로 건너가서 철학을 연구하였다. 1908년에는 시인클럽을 창설하여 파운드와 함께 이미지즘 시운동을 창조하였다.

프뤼돔

눈

사랑받던 고운 눈, 파란 눈 까만 눈,
무수한 눈들이 새벽빛을 보았다.
이제 그 눈들은 무덤 깊이 잠들었지만,
태양은 여전히 돋아오른다.

낮보다도 더욱 다정한 밤들이,
무수한 눈들을 호렸었다.
별은 지금도 밤하늘에 반짝이지만,
눈들은 어둠에 가득 차 있다.
오！그 많은 눈들이 멀었다니,

◇프랑스의 시인인 프뤼돔(Sully Prudhomme 1839～1907)은 우주와 인생의 수수께끼를 풀기 위해 고민하는 자신의 비애를 그의 시속에 담고 있다.

아무래도 믿어지지 않을 일!
그 눈들은 다만 그 어느 딴 곳
안 보이는 세계로 돌려졌겠지.
그래서 지는 별들이 우리의 눈을
떠나서도 그냥 하늘에 머무르듯이,
눈동자들도 비록 어딘가로 져갔으나,
죽었다는 건 아무래도 거짓말.

사랑받던 고운 눈, 파란 눈 까만 눈,
감겨진 눈들이 지금도 사뭇,
무덤 저쪽에서 그지없이 큰
새벽빛에 다시 떠서 보고 있다.

사랑의 가장 좋은 순간

사랑의 가장 좋은 순간은
〈너를 사랑한다〉고 말한 때는 아니다.
그것은 어느 날이고 깨뜨리다 만
침묵 바로 그 속에 있는 것.

그것은 마음의 잽싸고도 남모를
은근한 슬기 속에 깃들인 것.

◇프뤼돔의 시는 주로 우아하고 분석적인 수법으로 내면 생활에 파고들고 있다. 그는 순수하고도 세련되고 아름다운 작품들을 많이 남겼다.

말라르메

바다의 산들바람

육체는 슬프구나, 아아 나는 모든 책을 읽었

◇이 시는 프랑스의 시인 말라

다.
도망치자 ! 멀리 도망치자 ! 나는 미지의 물거품과
하늘 사이에서의 새들의 도취를 느낀다 !
눈에 비치는 오랜 정원도 그 아무것도
바다에 잠긴 이 마음을 붙잡지 못하리니
오오 밤이여, 순백색이 지키는 텅 빈 종이를
흐릿하게 비치는 내 등불의 쓸쓸한 빛도
젖 먹이는 젊은 여인도 나를 붙잡지 못하리.

나는 떠나리라 ! 돛대를 흔드는 커다란 배여
이국의 자연을 향해서 닻을 거둬 올려라.
'권태'는 가혹스러운 희망으로 해서 번민하며
지금도 계속 손수건의 마지막 이별을 생각한다 !
모름지기 돛대는 폭풍을 불러 들여
바람에 쓰러지고 난파된 배 위에 그대로 무너지리니
배는 가라앉고 , 돛대는 숨고, 돛대는 사라지고, 또한 풍요로운 섬도…
하지만 나의 마음이여, 저 사공의 노래를 들어라 !

르메(St'ephane Mallarme' 1842~1898)의 대표작 중 한 편이다. 시인은 이 시를 통하여 이상세계에의 동경을 노래하고 있다.

백조

순결하고 생기 있어라, 더욱 아름다운 오늘이여,

◇이 시 역시 말라르메의대표작에 속한다. 시인은 이 시 속에서 시를 쓰지 못하여

사나운 날개짓으로 단번에 깨뜨려 버릴 것인가.
쌀쌀하기 그지없는 호수의 두꺼운 얼음.
날지 못하는 날개 비치는 그 두꺼운 얼음을.

피로와하는 자신의 내면적인 감정을 백조에다 비유하여 노래하고 있다.

백조는 가만히 지나간 날을 생각한다. 그토록 영화롭던 지난 날의 추억이여,
지금 여기를 헤어나지 못함은 생명이 넘치는
하늘 나라의 노래를 부르지 않는 벌이런가.
이 추운 겨울날에 근심만 짙어진다.

하늘 나라의 영광을 잊은 죄로 해서
길이 지워진 고민의 멍에로부터 백조의
목을 놓아라, 땅은 그 날개를 놓지 않으리라.

그 맑은 빛을 이 곳에 맡긴 그림자의 몸이여
세상을 멸시하던 싸늘한 꿈 속에 날며,
유형의 날에 백조는 의욕의 옷을 입도다.

시현(視現)

달빛이 슬피 나리더라.
꽃핀 요정들 꿈에 젖어,
어렴풋한 꽃들의 고요 속,
손끝에 활을 골라잡고
빈사의 현을 슬어내니
하얀 흐느낌이 창공의 꽃잎들 위로 번지더라.
——그때는 너의 첫번 입맞춤으로 축복받은 날이었지.
가슴 깊이 저미던 나의 몽상도

◇말라르메의 작품은 주로 순수한 유추에 의해서 서로 암시하며 환기하다가 이미지들을 쌓아가는 상징적인 수법을 동원하고 있다. 이러한 경향은 후기에 이를수록 더욱 강조되고 있다.

얌전히 취하더라, 슬픔의 향기에
꺾은 꿈이 가슴속에
회한도 환멸도 없이 남기는
슬픔의 향기에.
내 그렇게, 해묵은 포석 위에 눈을 깔고
방황하노라면,
머리카락에 햇빛 가득 담고, 거리에,
저녁 속으로 너는 웃으며 나타나더라.
내, 그래 빛의 모자를 쓴 선녀를
보는가 여겼더라.
귀염둥이 아기 시절 내 고운 잠 위로 지나가
며,
언제나 반쯤 열린 그의 속에서
향기어린 별들의 하얀 꽃다발
눈 내리게 하던 옛 선녀를 보는가 여겼더라.

랭 보

감각

여름 아청빛 저녁, 보리가 쿡쿡 찔러대는
오솔길 걸어가며 잔풀을 내리밟으면,
꿈꾸던 나도 발 뭐에 그 신선함 느끼리
바람은 내 맨머리를 씻겨 주리니.
아 말도 않고, 생각도 않으리
그래도 한없는 사랑 넋 속에 올라오리니
방랑객처럼, 내 멀리, 멀리 가리라.
계집 데리고 자듯 행복에 겨워, 자연 속으로.

◇랭보(Arthur Rimbaud 1854~1891)는 프랑스의천재시인이다. 그는 잠재의식을 시에 도입하는 새로운 수법을 창시하였다.

블레이크

파 리

작은 파리야
여름날 네 노는 것을
무심한 내 손이
쓸어 버렸구나.

나는 너 같은
파리가 아니냐
아니면
네가 나 같은 사람이 아니냐

그 어떤 앞 못보는 손이
내 나래를 쓸어내는 날까지 나도
춤추고 마시고 노래 부를지니,

생각함이 삶이고
힘이고 숨결이라면
생각하지 않음이
죽음이라면

그렇다면 살아서도 죽어서도
나는 행복한 파리.

◇영국의 시인 블레이크(William Blake 1757~1827)는 어린이의 눈으로 세계를 긍정하는 반면에, 어른의 눈으로는 세계를 부정하는 시들을 썼다. 그는 항상 간결한 싯귀 속에 인생에 대한 문제를 깊이 파고 들고 있다.

아, 해바라기여 !

아, 해바라기여 ! 시간에 지쳐서
태양의 한 걸음 한 걸음을 헤아리며,
나그네의 여정이 끝나는
저 향기로운 황금의 나라를 찾는다.

◇블레이크는 후기에 이르러 상징적인 수법을 동원하여많은 걸작들을 발표하였다. 그러나 한 가지 그의 시적(詩的)인 약점은 상징성에 있

욕망으로 수척해진 젊은이와
백설의 수의(壽衣) 걸친 파리한 처녀가
그들의 무덤에서 일어나 가기를 열망하는 나라,
그 곳은 나의 해바라기가 가고자 하는 곳이니라.

어서 약간 착잡하고 난해하다는 점이다.

공고라

단시(短詩)

소녀는 울고 있었다.
우는 것이 당연하였다.
무정한 님의 모습을 너무 오래 볼 수 없었다.

소녀는 너무나 어린 나이에
버림받았다.
버림받을 나이조차 있을 것 같지 않게 버림받았다.

배신한 님의 모습을
볼 수 없음을
울고 있는 소녀를
달님이 발견하고
햇님이 버리고 갔다.

언제나 정염에 정염을 낳게 하고
기억에 기억을 낳게 하고
고통에 고통을 낳게 하면서
소녀를 버리고 갔다.

울어라 예쁜 소녀야.

◇이 시는 스페인의 시인 공고라(Luis Gongora 1561~1627)의 대표작이다. 그의 작품은 모두가 다 서정시이다. 스페인의 전통적인 형식에 따라 매혹적으로 시상(詩想)을 전개해 나간 점이 이색적이다.

우는 것이 당연하단다.
어머니가 말하였다.
「얘야, 제발 울음을 그쳐다오.
지레 내가 살지 못하겠다.」
소녀는 대답하였다.
「아니, 울음을 그칠 수 없어요.
울게 하는 사연은 하도 많은데
눈은 단지 둘뿐이에요.

어머니, 무분별한 짓으로
어머니의 속을 썩여 드려요.
이 기회에 눈물이
제 울음을 자꾸 재촉합니다.

그 허구 많은 세월 중
그 어느 때
활 쏘는 신
사랑의 화살을 쏘았더랬어요.

어머니, 전 이제는
노래 안 부를래요,
만약에 노래를 부르면
제 노래는 그만 애가 되고 말 거예요

그이가 가버렸어요,
모든 것을 가지고 가 버렸어요,
제게 침묵을 남겨 놓은 채
목소리를 가지고 가버렸어요.

울어라, 예쁜 소녀야,

우는 것이 당연하단다.

에스프론세다

첫송이 장미

눈부시게 아름답고 향기로운 첫송이 장미
꽃동산의 꽃 중의 꽃
휘영청 뻗은 잔가지 끝에 피어나
달콤한 향기를 뿌리고 있다.

귀찮을 만큼 햇빛은 따사로와
시리우스 별의 불꽃이 되어 펄럭이면
꽃잎은 시들고 성급한 바람이
꽃잎을 뜯고 도망쳐 버린다.

내 행복 또한 한 때는
사랑의 날개에 비쳐지고 아름다운 구름은
영광과 환희를 잉태하고 있었으나

아아 이 기쁨도 즐거움도 괴로움으로 바뀌어
내 희망인 아름다운 꽃은
꽃잎조차 아름다운 꽃은
꽃잎조차 흩어져 바람 속에 펄럭인다.

◇이 시의 작자(作者)인 에스프론세다(José de Espron-ce-da 1808~1842)는 스페인 낭만파의 대표적인 시인이다. 그는 18세 때부터 조국을 떠나 유럽 각지를 편력하면서 아름다운 사랑의 시를 많이 썼다.

캄포아모르

두 가지 즐거움

1

그 날 그 밤이 다가왔읍니다.

◇이 시는 스페인의 시인인 캄포아모르(Ramón de Ca-

그녀는 내게서 피하면서 말했읍니다.
"내 옆으로 다가오시나요?
아아 당신이 정말 두려워요"

2

그리고 그날밤은 지나갔읍니다.
그녀는 바싹 다가오며 말했읍니다.
"왜 옆에서 피하시나요?
아아 당신이 없으면 두려워요"

mpoamor 1817~1901)의 작품이다. 그의 시풍은 사상을 중시하고 철학적이며, 낭만적인 풍자가 돋보이는 것이 특징이다.

베케르

카스타에게

네 한숨은 꽃잎의 한숨
네 소리는 백조의 노래
네 눈빛은 태양의 빛남
네 살결은 장미의 살갗
사랑을 버린 내 마음에
너는 생명과 희망을 주었고
사막에 자라는 꽃송이 같이
내 생명의 광야에 살고 있는 너

◇스페인의 후기 낭만파를 대표하는 시인 베케르(Gustavo Adolfo Bécquer 1836~1870)는 생전에 한 권의 시집도 펴내지 못하였다. 34세의 젊은 나이로 요절하였으나, 그가 시단에 끼친 영향은 대단하다.

마차도

여 행

「소녀야, 난 이제 바다로 간다.」
「저를 함께 데리고 가시지 않으면 전 선장님을 잊겠어요.」

◇이 시는 스페인의 시인인 마차도(Antonio Machado Ruiz 1875~1939)의 대표작이다. 그의 시는 항상

선장은 배 갑판에서 자고 있었다.
그녀를 꿈꾸며 자고 있었다.
저를 함께 데리고 가시지 않으면!
그가 바다에서 돌아올때
푸른빛 앵무새를 가져 왔다.
전 선장님을 잊겠어요!
그는 다시 바다는 건넜다.
그 푸른빛 앵무새를 가지고.
전 이미 선장님을 잊었어요!

지나친 묘사가 없고 담담한 것이 특징이다.

히메네스

십자가의 아침

신(神)은 파래라. 피리와 복이 이미 봄의 십
　자가를 예고하고 있을 때
장미여, 사랑의 장미여,
초원의 태양으로 물든 프르름 사이에서 오래
　살진저

로우즈메리를 따러 들로 가세나.
가세나, 가세나,
로우즈메리를 따러
사랑을 따러
들로 가세나……

나는 그녀에게 물었노라.
「내가 그대를 사랑해도 괜찮아?」
그녀는 정열의 찬란한 빛을 띠면서
대답하였노라.

◇ 히메네스(Juan Ramón Jiménez 1881~1958)는 스페인의 시인이다. 베 케르의 시를 대한 후부터 시작(詩作)에 전념하기 시작한 히메네스는 1956년 노벨문학상을 수상하기도 했다.

「봄의 십자가가 꽃이 필 때
나는 당신을 사랑하겠어요.
온 정성을 다 바쳐 사랑하겠어요.」

로우즈메리를 따러 들로 가세나
가세나, 가세나,
로우즈메리를 따러
사랑을 따러
들로 가세나.

「이미 봄의 십자가가 꽃이 피었노라.
사랑이여, 사랑이여,
십자가가 이미 꽃이 피었노라!」
그녀는 대답하기를
「당신은 내가 당신을 사랑하기를
바라는 거예요?」
아, 빛에 물들인 아침은 이미 지나갔어라!

로우즈메리를 따러 들로 가세나.
가세나, 가세나,
로우즈메리를 따러
사랑을 따러
들로 가세나.

우리의 깃발이
피리와 북소리에 기뻐 날뛰네.
나비는 꿈과 더불어 여기 있나니……
진심으로 나를 사랑하려고 하네!

로르카

부정(不貞)한 유부녀

——리디아 카블레라와 그 꼬마 깜둥이 딸에게——

그래서 나는 여자를 강에 데리고 갔다.
진짜 숫처녀인 줄 믿었었는데
그런데 남편이 있었던 것이다.
그것은 산티아고의 밤에 있는 일이었고
완전히 합의를 본 뒤의 일이었다.
촛불의 꺼지고
쓰르라미들이 등불을 켰다.
마지막 모서리에서
여자의 잠든 유방에 손을 대자
재빨리 나를 위해 열려졌다
마치 히야신드의 잔가지처럼.
나의 귓가에서
여자의 페티코트의 풀이 울고 있었다.
마치 열 자루의 칼로
한 폭 비단이라도 찢기나 한 것처럼.
은빛 전혀 비쳐들지 않는 숲 속에서
나무들의 모습이 크게 되었다.
그리고 강 건너 저 먼 곳에서는
개들의 지평선이 짖고 있었다.

가시떨기를 치우고
등심초와 산나무 사이를 피하여
여자의 머리털 풀밭 아래서
나는 흙탕 위를 오목하게 만들었다.
나는 넥타이를 풀었다.
여자는 옷을 벗어 던졌다.
나는 권총 달린 허리띠를

◇문명 속에서의 비인간화에 대한 공포를 제어하기 위해 시를 쓴 로르카(Federico Garcia Lorca 1898~1936)는 스페인의 그라나다시 근교의 농장에서 태어났다. 그는 자라나면서부터 문명의 이기(利器)에 침식 당하는 인간성의 회복을 위해 자신이 해야 할 것이 무엇인가를 고민하기 시작했다. 그러한 청년기의 고뇌는 그를 스페인의 위대한 시인으로 성공시켰다.

여자의 넉 장의 옷을 벗었다.
나르드나무도 조개살도
이렇듯 부드러운 살결일 수는 없다.
달빛을 받은 수정도
이렇듯 아름답게 빛날 수는 없다.
갑작스레 습격당한 물고기처럼
여자의 허벅지가 내 아래서 도망치고 있었다.
반은 불길이 되어 타오르고
반은 싸느다랗게 얼어서.
그 날 밤에 나는
재갈도 먹이지 않고 투구를 쓰지 않고
진주조개의 젊은 망아지를 몰아
더할 나위 없는 쾌적한 길을 달리게 하였다.
여자가 내게 무엇이라 하였는지
나는 남자로서 말하고 싶지 않다.
분별의 빛이
나로 하여금 아주 신중하게 하는 것이다.
나는 입맞춤과 모래로 더러워진 여자를
강에서 데리고 돌아왔다.
백합화의 칼이
바람에 불러 잘려지고 있었다.
나는 나답게 행동하였다.
늠름한 집시가 그렇게 하듯이
밀짚 색깔 비단천으로 만든
큼직한 재봉 상자를 보내 주었으나
여자에게 반할 생각은 터럭만큼도 없었다.
아무렴 내가 강으로 데리고 갈 때
버젓이 남편이 있으면서도
숫처녀라고 우긴 여자인데 마음이 끌리겠는
가.

알베르티

바다의 밭

바다의 밭에서 채소를 농사짓느니
너와 함께라면 나는
그 얼마나 행복스러우랴!
연어가 끄는 수레에 타고
사랑하는 이여 네가 농사지은 것을
팔러 다니는 그 즐거움!
"미역, 미역 사시오
싱싱한 미역 사시오!"

◇이 시는 스페인의 시인인 알베르티(Rafael Alberti 1902~)의 작품이다.

프로딩

온종일

온 종일 사랑노래를
노래하는 티티새 소리 들리고
히드폴과 월귤나무는
그 노래를 사랑하였다.

그 사랑의 불에 맞추어
방울풀이 고요히 울고
별풀의 눈은 빛나며
산딸기의 빰은 붉게 되었다.

그러나 날개짓소리가 들리며
솔개가 가수의 가슴에
발톱으로 할퀴어 사랑의 노래는

◇프로딩 (Gustaf Froding 1860~1911)은 근대 스웨덴의 시성(詩聖)으로 불리워진다. 그의 시는 주로 명상적이며 향토색이 짙은 서정성이 농후하다.

영원히 죽고 말았다.

뵈른손

나는 생각하기를

나는 생각하기를 위대해져야겠다 해서
우선 고향을 떠나야 한다고 결심했다.
나는 이리하여 나와 모든 것을 잊었다.
여행 떠날 생각에 사로잡혀서.
　그때 나는 한 소녀의 눈동자를 보았더니
　먼 나라는 작아지면서
　그녀와 함께 평화로이 사는 것이
　인생 최고의 행복처럼 여겨졌다.

나는 생각하기를 위대해져야겠다 해서
우선 고향을 떠나야 한다고 결심했다.
이리하여 정신의 크나큰 모임에로
젊은 힘은 높이 용솟음쳤다.
　하지만 그녀는 말없이 가르치기를
　하느님이 주는 최대의 것은
　유명해지거나 위대해지는 것이 아니라
　올바른 사람이 되는 것이라 했다.

나는 생각하기를 위대해져야겠다 해서
우선 고향을 떠나야 한다고 생각했다.
나는 고향이 냉정함을 알고 있었고
내가 오해받고 소외되어 있음을 느꼈다.
　하지만 그녀를 통해 내가 발견한 것은
　만나는 사람의 눈마다 사랑이 있다는 것

◇이 시는 노르웨이의 세계적인 문호 뵈른손(Bjørnstjerne Bjørnson 1832~1910)의 수작(秀作)이다. 그의 시는 주로 리드미컬하고 민요적이다.

모두가 기다린 것은 나였던 것이다!
그리고 인생은 새로와지게 되었다.

외베르랑

그리니에게 보내는 편지

내 생명의 기쁨, 내 그리움의 여인
너를 만나지 못해 쓸쓸하구나!
여기서는 해 지는 것이 무척 더디어
좀처럼 해서 날이 가지 않는다.

나는 조용히 몇 번이고 생각해 본다.
너는 내 무릎에 안겨 잠잤다.
내 어깨에는 네 머리가 기대졌다.
그때 나는 마음으로 고요히 노래하며 밤을 지새웠다!

나는 너와 같은 꿈을 꾸었고, 매일 함께 식사했다.
지금에는 둘이 같은 괴로움을 맛보고 있다!
예전에는—가을이 오면—
이런 덧없는 위로가 있었다
우리는 그렇게 믿지 않을 수 없었다!

그 즈음에는 운이 좋은 때에는
안마당에서 서로의 모습을 홀낏 볼 수 있었다.
우리들이—봄이 오면—하고 생각했었다!
지금에는 만날 수 있는 것은 오직 매일 밤뿐

◇이 시는 노르웨이 시인인 외베르랑(Arnulf Øverland 1889~1968)이 수용소에 갇혀 있을 때 쓴 작품이다. 원래의 제목은 '메라 가에서 그리니에게 보내는 편지'이다. '메라 가'는 수용소가 있는 거리 이름이고,'그리니'는 사랑하는 아내의 이름이다.

꿈이 놓아 주는 다리를 통해서뿐이다. !

이 슬픔의 집에서는
별다른 사건은 많지 않다
이쪽에서 무엇을 알릴 수가 있으랴?
우리는 모래 위에 집고, 그것은 재로 돌아간
다.

오직 봄을 향해, 평화를 향해, 더우기 전진하
는
꿈이 있을 뿐이요 그리움이 있을 뿐
방을 꾸미리라 집을 지으리라
어느 날엔가는 형무소에서 나갈 수 있으리라!

바다 기슭, 물결 철썩이는 샛강 근처
언덕 위에 양지 바른 집이
인동덩굴에 반쯤 묻혀 있다—
너도 보이느냐?

꽃 핀 단풍의 초록빛 나무 그늘에 안마당이
있다
그러나 방은 빛나듯 환하고 넓으며
선생의 책상이 놓여 있다!
보트는 자가용 다리에 매어져 있다!
자, 만족스러운가!

나라가 해방되고
피투성이 되었던 사람이
쇠사슬을 풀고 일어서게 되는
그 날을 생각하면 즐겁구나!

그때 나는 해안과 산줄기를 멀리 바라보면서
빛나는 농장과 산길을 가리키며 말하련다
보아라, 이것이 네 토지다!
모두 다 네 것이다!

요르겐센

열 한 시
——엘레나에게

너는 해 지고
저녁 어두움 드리울 때 왔다.
하지만 두려워하지도 않고
나와 함께 갈 각오가 되어 있었다

너는 알지 못했다.
네가 방황하는 길이 어디로 향하는지—
네가 알고 있던 것은 단지
내 친구가 되고 싶다는 것뿐이었다

너는 성에낀 창 곁에서
네 장소를 발견하였다.
나는 일찌기 거기 혼자서 앉아 있었다—
이제 우리는 둘이서 거기 앉았다

그리고 별들이 하늘에 켜지면
너는 볼 것이다.
빛나는 별들 전체를
우리 집 위에서

그리고 지금 우리는 듣는다

◇이 시는 덴마크의 시인인 요르겐센(Johannes Jørgénsen 1866~1956) 의 작품이다. 요르겐센은 니체의 철학과 프랑스 상징파 시인의 영향을 받아 상징주의적인 시를 많이 써서 덴마크 시단에 새로운 바람을 일으켰다.

열 한 시를 알리는 시계 소리를
그리고 나는 안다 네가 마지막까지
나와 함께 갈 결심이라는 사실을

라쿠르

너와의 한때

바람 거세게 부는 지상에서의 지낸 한때
대지의 회색진 대지를 때리는 싸락눈과
검푸른 자취를 남기며 지나가는 피욜드와
바다새를 태우고 천천히 흔들리는 파도와
그리고 침묵, 그리고 네게라면 나는 언어없이
　나를 열 수가 있노라……
뿌리의 말없음이 대지 앞에 아무 것도 숨길수
　없듯

◇이 시는 덴마크의 시인 라쿠르(Paul La Cour 1902~1956) 의 작품이다. 라쿠르는 릴케의 영향을 주로 받았다. 그래서인지 그의 시풍은 다분히 철학적이다.

에마네스쿠

호 수

숲 속에 있는 푸른 호수에는
노란색 수련꽃이 가득히 떠 있고
하얀 파문의 리듬에 따라
고요히 보오트는 흔들리고 있다.

호수 기슭을 걸으면서
나는 귀 기울이고 기다린다.
갈대 숲 사이에서 그녀가 나타나
고요히 내 가슴에 기대 주기를.

◇에마네스쿠(Mihai Eminesoku 1850~1889) 는 루마니아의 시인으로 염세적이며 사회반항적인 시를 많이 썼다.

우리는 보트를 타고
물의 속삭임 소리에 황홀해진다.
어느새 손에서 노는 놓여지고
키가 움직이는 대로 배는 떠다닌다.

아름다운 달빛을 받으며
우리의 보트는 물에 떠다닌다.
갈대를 지나는 바람은 조용히 불고
호수의 물결은 희미하게 살랑거린다.

하지만 그녀는 오지 않고……나만 홀로
헛된 한숨을 내쉴 뿐이다.
수련꽃 가득 떠 있는
숲 속의 푸른 호수가에서.

크레인

사막에서

짐승 같은 알몸 생물을 만났나니
땅 위에 웅크리고
손에 자기 심장을 들고는
그것을 먹고 있기에
"맛이 있나"물었더니
"쓰디 쓰지만
쓰기 때문에
그리고 내 심장이기 때문에
좋아하지"하고 대답했다.

◇이 시는 감정이 완전히 거세된 이색적인 작품이다. 미국의 소설가이며 자연주의 시인인 크레인(Stephen Crans 1871~1900)의 대표작 중의 한 편이다.

붉은 악마들

붉은 악마들이 내 심장에서
책의 페이지 위에 튀어 나왔다.
펜으로 눌러 죽일 수 있을 만큼
작은 존재이다.
잉크를 뒤집어쓰고 허위적거리는 것들이 많았다.
내 심장에서 생겨난
이 붉은 오물이 섞인 액체로 글을 쓴다는 것은
개운치 않은 느낌이었다.

◇ 19세기를 마감하는 해에 세상을 떠난 크레인은 그의 시를 통해서 이미 20세기의 운명이라 할 삶에 대한 저주와 절망을 예감하고 있다.

고띠에

비둘기

무덤이 있는 저 언덕 위에
푸른 깃털처럼 아름다운 종려나무가
머리를 쳐들고 있는데, 저녁에 비둘기는
보금자리를 만들고 몸을 폅니다.

하지만 아침에 그 비둘기는
목걸이를 빼놓듯이 거기를 떠나는데, 우리들은
푸른 하늘에 하얀 것이 날거나
멀리 어느 지붕에 앉아 있는 것을 봅니다.

내 얼도 비둘기처럼 그 나무 위에 머무는데, 저녁때마다

◇ 프랑스의 시인이며 소설가인 고띠에(ThéophileGautier 1811~1872)는 처음에는 과격한 낭만파로 출발하였으나 뒤에는 예술을 위한 예술, 심미주의적인 문학론의 선구자가 되어 조형적이면서도 비개인적인 예술을 주장하였다.

희망의 상징, 비둘기는
빛을 쪼이자, 날개를 파닥거리며
하늘에서 내려옵니다.

슈토름

해 안

갈매기는 지금 해안 호수로 날아가고
저녁 어스름이 드리우며
개울의 물웅덩이에는
저녁 해가 비치고 있다.
회색빛 새가
수면에 닿을 듯이 날아가고
바다를 흐르는 안개 속에
섬들이 꿈처럼 둥둥 떠 있다.

거품 이는 흙탕에서
아주 이상스러이 중얼거리는 소리 들리고
쓸쓸한 새의 울음소리 들리나니
언제나 이런 상태이다.

다시금 바람은 고요히 불고
그리고는 소리없이 잠드나니
바다 가운데 쪽에서
인기척 소리가 들려온다.

◇이 시는 독일의 시인이며 소설가인 슈토름(Theodor Storm 1817~1888)이 고향의 해안이 지닌 신비감을 묘사한 작품이다.

게오르게

너는 날렵하고 청순하여

너는 날렵하고 청순하여 불꽃 같고
너는 상냥하고 밝아서 아침 같고
너는 고고한 나무의 꽃가지 같고
너는 조용히 솟은 깨끗한 샘물 같다.

양지바른 들판으로 나를 따르고
저녁놀 진 안개에 나를 잠기게 하며
그늘 속에 내 앞을 비추어 주는
너는 차가운 바람, 너는 뜨거운 입김.

너는 내 소원이며 내 추억이니
숨결마다 나는 너를 호흡하며
숨을 들여쉴 때마다 너를 들여마시면서
나는 네게 입맞춤한다.

너는 고고한 나무의 꽃가지
너는 조용히 솟는 깨끗한 샘물
너는 날렵하고 청순한 불꽃
너는 상냥하고 밝은 아침.

◇기교가 넘치는 형식미를 이루고 있는 이 시는 독일의 시인 게오르게(StephanG-eorge 1868~1933)의 대표작 중의 한 편이다.

노 래

시냇가
홀로 일찍 피어난
개암나무 꽃.
서늘한 풀밭에
지저귀는 새.

포근히 우리를 따뜻이 하여 주고
번득이다 바래는

◇이 시 역시 게오르게의대표작 중의 한 편이다. 게오르게는 주로 일상성을 탈피한 순수한 언어 예술로서의 문학을 지향함으로써 엄격한 척도와 단련에 의하여 시의 신성(神性)을 찾으려 하였다.

스쳐가는 빛.
빈 밭
회색인 수목……
봄은 우리를 뒤쫓아
꽃을 뿌릴 것 같다.

버딜론

밤은 천 개의 눈을

밤은 천 개의 눈을 가졌지만
낮은 단 하나뿐.
그러나 밝은 세상의 빛은 사라진다.
저무는 태양과 함께.

마음은 천 개의 눈을 가졌지만
가슴은 단 하나뿐.
그러나 한평생의 빛은 사라진다.
사랑이 다할 때면.

◇이 시는 인간의 내면적인 변화를 노래한 작품이다. 보이는 것(外的인)은 한 개에 불과하지만 그 이면(内的인)에 감추어진 것은 수없이 많다. 이러한 인간성에 대한 수수께끼를 시 속에 산입시키고 있는 작품이다.

벤

아름다운 청춘

갈대밭에 오래 누워 있던 처녀의 입은 그렇게
도갈라먹힌 듯이 보였다.
흉부를 해부하자 식도에는 구멍이 숭숭 뚫어
져 있었다.
마침내 횡경막 아래 옹달진 곳에서 어린 들쥐
들의 둥지가 발견됐다.

◇독일의 시인 벤(Gottfried Benn 1886~1956)은 일찌기 니체의 영향을 받고 문학에 투신하였다. 그의 시는 주로 해부학적 표현주의에 바탕을 두고 있다.

조그마한 새끼암쥐 한 마리는 죽어 있었다.
다른 쥐들은 취장과 신장을 먹고 살았으며,
차가운 커피 마시고,
여기에서 아름다운 청춘을 지냈던 것.
그러나 아름답고 재빠르게 쥐들의 죽음도 다
가왔으니,
쥐들은 무더기로 물속에 던져졌다.
아, 얼마나 그 작은 주둥아리들이 끽끽거리던
가!

트라클

유럽이여
——엘제 라스커—실러를 존경하며

1

파란 동굴에서 죽은 것이
나오는 듯한 달.
바위 위 오솔길에 진
수많은 꽃들.
저녁의 늪 옆에
은빛으로 울고 있는 병든 것,
검은 조각배 타고
건너며 죽은 연인들

어쩌면 참나무 아래에서 반향됨은
히아신드가 핀
숲속을 지나가는 엘리스의
발자국 소리일까.

◇트라클 (Georg Trakl 1887~1914)은 독일 잘츠부르크의 부유한 가정에서 태어났다. 그러나 그는 마약 중독으로 일생을 불행하게 살다가 죽어갔다. 그러나 그는 한 마디 한 마디를 뼈를 깎는 듯한 묘사로써 독자들을 전율시키는 시를 썼다.그의 시세계는 항상 깊은우울 속에 잠겨 있다.

수정의 눈물과
밤의 그림자로 빚어진
오, 그 소녀의 모습.
싹트는 언덕 가에
봄철 폭풍우 울리던,
언제나 싸늘한
그 정수리들 예각의 번개는 비춰 준다.

2

우리의 고향의
푸른 숲들은 그렇게도 적막하고,
퇴락한 담벼락 옆으로 밀려드는
수정 같은 물결,
우리는 잠을 자며 울었거니.
주저하는 걸음으로
가시 울타리 곁을 거닐었으며
멀리 반영하는 포도원의
거룩한 안식 속의
늦여름의 가인이었거니.
이제 밤의 서늘한 품속에
깃든 음영, 슬퍼하는 솔개.
달빛 같은 광선이 소리도 없이
우수의 빨간 황터를 덮는다.

3

그대들 큰 도시들은
평야 속에
돌로 지어졌다!
고향이 없는 이는
아무런 말도 없이

어두운 이마를 하고 바람을 따라간다.
언덕에 선 나목.
어슴프레 멀리도 뻗친 가을이여!
폭풍우 속에
무서운 저녁 노을은
몹시도 공포에 질려 있다.
죽어가는 민족들이여!
밤의 기슭에서 헤어지는
창백한 물결
떨어지는 별.

라포르그

크리스마스

크리스마스!크리스마스!
밤중에 종이 운다.
신념 없는 종이 위에
나는 헛되이 붓을 놓았다.
추억이여 노래해 달라!
교만한 마음, 이제 모두 내 몸을 떠나
슬픔으로 살며시 나를 가리더니
다시 내 몸을 꽉 잡는다.
오오 밤중에 크리스마스!크리스마스!하고 노
　래하는 저 목소리들.
샛빨갛게 반짝이는 저기 사원 안에서
어머니의 다정하고 그리운
꾸지람 소리가 들려 온다.
지금은 마음에 슬픔이 넘쳐
그저 가슴이 찢어질 것만 같다.

◇이 시는 프랑스 상징파 시인인 라포르그(Jules Laforgue 1860～1887)의 작품이다. 라포르그는 자유시의 창조자의 한 사람으로, 형이상학적 작품으로부터 점차 서정적인 경지에로 도달하였다. 그러나 그는 아깝게도 27세의 젊은 나이로 요절하고 말았다.

언제까지나 언제까지나 밤중에 종이 운다
이 세상에 삶을 받아
그 가장 천한 곳으로 떨어진 지금의 이 몸.
답답한 집 속으로 바람이 가져오는
저 떠들석하는 소리,
먼 축제의, 가슴을 뚫어 찌르는
저 떠들석하는 소리.

다리오

가을의 시

나의 생각이 당신 쪽으로 갈 때 향기가 납니다.
당신의 시선은 하도 감미로와서 심오해집니다.
당신의 벗은 발 밑에는 아직도 흰 거품이 있읍니다.
그리고 당신의 입술 속에서 당신은 세계의 기쁨을 이해하고 있었읍니다.
일시적인 사랑은 짧은 매력을 가지고 있읍니다.
그리하여 기쁨과 고통에 대해 똑같은 한계를 제공합니다.
한 시간 전에 나는 눈 위에 그 어떤 이름을 새겼읍니다.
일 분 전에 나는 나의 사랑을 모래 위에 놓아 두었읍니다.
노란 잎들은 포플라나무 숲에 떨어집니다.
많은 사랑의 쌍들이 배회하는 이곳에 떨어집니다.

◇리카라과 시인인 다리오(Rubén Dario 1897～1916)는 스페인과 라틴아메리카의 근대시 성립에 공헌한 사람이다. 그의 시는 아름다운 표현력과 감각적인 음향을 통해서 인간의 영혼을 움직여 주고있다.

그리고 가을의 잔에는 모호한 술이 담겨 있읍
니다.
봄의 여신이여, 바로 그 잔 속에 당신의 장미
꽃 잎들이 떨어집니다.

미스트랄

발라드

그이가 다른 사람과 함께
가는 것을 보았다.
바람은 여느 때처럼 부드러웠고
길은 여느 때처럼 고요한데
그이가 가는 것을 보았다
이 불쌍한 눈이여
꽃밭을 지나가며
그이는 그 사람을 사랑하였다
신사꽃이 피었다
노래가 지나간다
꽃밭을 지나가며
그이는그 사람을 사랑하였다.

해안에서
그이는 그 사람에게 입맞추었다.
레몬의 달이
물결 사이에서 회살지었다
바다는 내 피로
붉게 물드는 일 없이

그이는 영원히

◇ 미스트랄(Gabriela Mistral 1889～1957)은 칠레의 여류시인이다. 사랑의 시를 많이 쓴 그녀는 '사랑의 시인'이라는 닉네임을 붙이고 다닐 정도이다. 그녀의 시는 열렬한 휴머니즘과 아름다운 서정성이 풍부하다.

그 사람 곁에 있다
감미로운 하늘이 있다
(신은 괴로움을 주신다)
그이는 영원히
그 사람 곁에 있다

두목(杜牧)

산 행(山行)

멀리 한산(寒山)의 돌길을 오르는데
구름이 피어나는 곳에 인가가 있다
수레를 멈추고 단풍을 바라보니
서리 맞은 잎이 2월의 꽃보다 더 붉다.

◇두목(杜牧 803~852)은 중국 협서성(陝西省) 사람으로 자(字)는 목지(牧之)이다. 그의 시는 주로 화려하며 유미적인 성향이 짙다. 이 시는 겨울의 산을 오르면서 읊은 시이다.

청 명(清明)

청명절에 비가 부슬거리니
길 가는 사람들의 마음이 들뜬다
술집이 어느 곳에 있는가
목동이 살구꽃 핀 마을을 가리킨다.

◇이 시는 청명절에 내리는 비를 맞으면서 들뜬 사람들의 춘심(春心)을 노래한 작품이다.

이상은(李商隱)

금 슬(錦瑟)

남아 있는 금슬(錦瑟)은 부질없다, 쉰 줄이.
줄마다 괘마다 생각난다, 꽃답던 시절이.

장생(莊生)의 새벽 꿈, 나비때문에 헤맸거늘!

◇이상은은 만당(晩唐)의 유미문학을 대성시킨 시인이다. 그의 시는 대체적으로 난해한 편이다.

망제(望帝)의 봄 마음, 소쩍새에게 맡겼거늘!

창해(滄海)에 달빛도 밝은데, 눈물로 이룩된 진주야.
남전(籃田)에 해도 따뜻한데, 연기로 사라진 구슬아.

이 마음 이제 추억이라 그런 것은 아니지.
이미 그 당시에도 망연자실했던 것이지.

곡 강(曲江)

◇이 시는 정(情)을 통했던 화류계의 여인을 못잊어하는 시인의 마음을 읊은 작품이다.

평시에 지나가던 비취색 연은 이제 아니 보이고,
자야(子夜)에 구슬픈 귀신의 노래만 들려올 뿐이다.
황금의 어가(御駕)도 경성(傾域)의 자색은 돌리지 못한다.
백옥의 전각(殿閣)도 하원(下苑)의 물결만 그대로 가른다.

죽어도 화정(華亭) 생각, 두루미 울음을 듣고파 한 사람.
늙어도 왕실(王室) 염려, 낙타의 동상을 한숨짓던 사람.

하늘이 무너지고 땅이 뒤집혀 마음이 아파도.
봄을 여윈 슬픔에 견준다면 아무 것도 아니다.

상 아(常娥)

운모 병풍에 짙어지는 촛불 그림자,
은하수 점점 기울고 새벽 별 사라진다.
상아는 영약 훔친 일을 후회하겠지.
파란 바다 하늘 위에서 상심하겠지.

◇ 이 시 역시 사별(死別)한 여인에 대한 그리움을 주제로 한 작품이다.

교아시 (驕兒詩)

◇ 집안에서 자라고 있는 귀염둥이 자식을 보면서, 그 부정(父情)을 노래한 시이다.

곤사(袞師)는 우리 집 개구장이
예쁘고 똑똑하기 짝이 없구나.

배두렁이 차고 돐도 안되었을 때,
여섯하고 일곱도 벌써 알았다.
네 살 땐 이름을 알았고,
배·밤은 쳐다보지도 안했다.
친구들도 한참 들여다보더니,
말했다.
「단혈(丹穴)의 봉황이구나.
재기와 용모를 숭상한 옛날이라면
유품(流品)이 그냥 제일일 거요.」
「아닐세, 신선의 자질일세.」
「아니네, 귀인의 풍골이네.」

어찌 이처럼 다투어 말할까?
늙고 병든 나를 위로하는 거겠지!

새봄 화창한 계절에,
놀이 동무는 모두 사촌들.
집을 돌고 또 수풀로 내달아,
솥의 물이 끓듯 왁자지껄.

대문에 점잖은 손님이 오면,
아차할 새에 먼저 뛰어나간다.
손님이 무얼 갖고 싶으냐고 물어도,
생각은 간절하지만 말은 못한다.

돌아가면 손님 얼굴 흉내낸다.
열어놓고 아비 홀을 집어든다.
장비(張飛) 같은 수염이라고 놀린다.
등애(燈艾) 처럼 더듬는다고 웃는다.

날랜 매의 깃털같이 쭈뼛하게,
굳센 말의 숨길처럼 헌걸차게
푸른 왕대를 꺾어서
말 타고 마구 덤빈다.

갑자기 또 참군(參軍)을 흉내내어
목소리를 꾸며서 부른다.
다시 또 사등롱 곁에서
머리를 조아리며 밤 예불을 올린다.

채찍을 들어 거미 줄을 건다.
머리를 숙여 꽃의 꿀을 빤다.
가벼운 호랑나비와 경주한다.
재빠른 버들가지에 안 뒤진다.

섬돌 앞에서 누나와 만나,
쌍륙치더니 꽤나 잃은 모양
몰래 가서 화장대 만지고,
황금 문고리를 잡아뗀다.

끌어안으면 몸을 뒤채고
성을 내어도 막무가내.
몸을 굽혀 창의 그물을 잡아당긴다.
침을 뱉아 거문고의 칠을 닦아 본다.

어떤 때 붓글씨 쓰는 곁에 오면,
꼿꼿이 서서 무릎도 안 움직인다.

장정(裝幀)의 비단으로 옷을 짓자고 한다.
두루마리의 옥도 갖고 싶다고 한다.
아비더러 춘승(春勝)을 써달라고 조른다,
춘승은 봄날에 좋다고 하면서.

파초 이파리는 종이처럼 말리었구나.
목련 꽃봉오리는 붓처럼 내밀었구나.

아비는 옛날에 글공부를 좋아하여
고생하면서 저술에 힘을 썼단다.
초췌한 가운데 마흔을 바라보는데,
이·벼룩을 겁낼 살도 없단다.

얘야, 제발 아비를 흉내내어
글공부로 과거 볼 생각은 말아라.

양저(穰苴)가 전했다는 사마법(司馬法)이면,
장량(張良)이 배웠다는 황석술(黃石術)이면,
임금님의 스승도 될 수가 있단다.
다시 자질구레한 것은 몰라도 된단다.

더구나 지금은 서쪽과 북쪽에서

오랑캐가 마구 날뛰고 있지만,
전쟁도 평화도 이루지 못하고
고질처럼 키워가기만 한단다.

얘야, 하루 바삐 크게 자라서,
새끼를 찾아 범의 굴로 들어가라.
마땅히 만호(萬戶) 벼슬을 할 것이지,
하나의 경전(經典)만 지키고 있지 말아라.

매 미

본래 높기 때문에 배부르기는 어려워,
공연히 불평불만으로 우느라고 애쓴다.

새벽엔 이따금 단절된 듯한데,
나무는 퍼렇게 무정할 뿐이다.

하찮은 관리는 목우인(木偶人) 같이 떠내려 가고,
고향의 논밭은 황무지처럼 거칠어졌다.

그대가 엄중하게 깨우쳐주었으니,
나도 역시 온 집안이 맑다.

◇이 시는 한 마리의 매미 울음 소리를 듣고 인간 세상의 공명(功名)의 부질없음을 노래한 작품이다.

매요신(梅堯臣)

전가어(田家語)

누가 말했던가, 농가는 즐겁다고?
봄의 세금을 가을에도 못채우는데!

◇매요신은 송(宋)나라 초기의 시인이다. 이 시는 시끄

촌의 아전은 나의 문을 두드려
낮과 밤으로 몹시도 들볶아 댄다.

한 여름에 홍수가 지더니,
탁류가 집보다도 높았다.
흙탕물이 망쳐버린 나의 채소,
메뚜기가 먹어치운 나의 곡식.

지난달에 내려온 조서——
주민등록 다시 하란다고.
장정 셋에서 하나를 뽑아
심하게 활쏘기를 시킨다.

고을의 공문은 이제 더욱 엄하니,
늙은 아전은 채찍을 들고
어린이와 늙은이도 잡아들인다.
다만 남긴 것은 절음발이 · 장님뿐.

농촌에서야 감히 원망이나 할까?
아비와 자식이 각각 슬피 운다.
들의 일을 어떻게 할텐가?
화살 사느라 송아지를 팔았는데!

시름의 기운은 장마비 되고,
빈 솥 · 항아리에는 죽도 없다.
장님 · 절음발이는 밭을 못간다.
늦거나 이르거나 죽을 운명!

내가 듣고 참으로 부끄러운 것은
헛되이 나라의 녹을 탐낸 것이다.

러운 전국(戰局)에 대한 괴로움을 노래한 작품이다.

오히려 「돌아갈까나」 읊으며
나무하러 깊은 산골로 향할까?

소식(蘇軾)

자유(子由)와 작별하며

술도 아니 마셨거늘 어찌 취해서 건들거리나?
이 마음 벌써 돌아가는 말을 좇아 떠났구나?
돌아가는 사람은 오히려 집안만을 생각하는데,
지금 나는 무엇으로써 적막한 가슴을 달래나?

산에 올라 고개를 돌리니, 언덕이 가려서
다만 검은 모자만 보이다 말다 하는구나!
된 추위에 너의 외투가 얇은 것을 염려하면서,
홀로 야윈 말을 타고 새벽달을 밟는구나!

나그네는 노래하누나, 집에 있는 사람 즐겁다
고.
머슴은 내가 지나치게 탄식한다는 눈치구나.
역시 인생에는 이별이 있는 법이라 함을 안다
만,
다만 세월이 너무나도 빠르게 흐르는구나!

찬 등불 밑에 함께 지내던 옛날 기억하지만,
밤 비 쓸쓸한 소리는 어느때나 함께 듣겠나?
네가 이 뜻은 잊어서 아니된다 함을 안다면,
부디 높은 벼슬에 애써 매달리지 말아주려무나.

◇소식의 자(字)는 자담(子膽)이며, 호는 동파거사(東坡居士)이다. 송시(宋詩)의 대가(大家)이다. 이 시에서의 자유(子由)는 소식의 아우 소철(蘇轍)의 자(字)이다.

자유(子由)의 시에 화답하며

인생이 여기저기 떠도는 것 무엇과 같은가?
응당 기러기나 눈이나 진흙을 밟는 것과 같겠
지.

◇ 이 시는 소식이 그의 아우 자유(子由)의 시에 답(答)하여 쓴 작품이다.

진흙 위에는 우연하게 발톱자국 나겠지만,
날아간 기러기가 다시 동쪽이니 서쪽이니 따지
겠는가?

늙은 스님은 벌써 죽어서 새로운 탑이 이루어
졌다.
무너진 바람벽에는 옛날의 제시(題詩)를 찾을
길이 없다.

지난날 험한 산골길이 아직 기억에 남는가?
길은 멀고 사람은 고달프고 굼뜬 당나귀는 울
었었지.

서호(西湖)의 아침 해

아침 해는 손님을 맞아서 겹친 언덕에 곱다.
저녁 비는 사람을 붙잡아 술 나라로 이끈다.
이 뜻은 그대로 좋은데, 그대는 아직 못하는가?
한 잔은 마땅히 수선왕(水仙王)에게 권할 것
이다.

◇ 이 시는 서호(西湖)에 떠오르는 아침 해를 바라보며 그 감상을 노래한 작품이다.

물 빛깔은 반짝반짝, 날이 맑아 마침 아름답다.
산 색깔은 뿌유스름, 비가 와도 또한 뛰어난다.
서호(西湖)를 가져다가 서시(西施)에게 견준
다면,

얇은 치장 짙은 단장 모두 서로 어울린다.

해회사(海會寺)에 묵으며

남여를 타고 사흘이나 산속을 간다.
산속은 실로 아름답지만 넓은 평지 드물다.
아래로는 땅속으로, 위로는 하늘로 던져지며,
실같은 길, 언제나 원숭이들과 경쟁한다.

◇ 시인이 잠시 속세를 떠나 해회사(海會寺)에 머물었을 때 지은 시이다. 조용한 산사(山寺)의 정경이 매우 고즈넉하다.

겹친 누각과 답답하게 골짜기에서 만났을 때,
두 다리는 시큰시큰 빈 속은 쪼르륵거린다.
북으로 나는 듯한 다리를 건너니 걸음마다 삐걱삐걱.
담장은 백 걸음, 마치 옛성과 같다.
큰 종을 옆으로 치니 천의 손가락이 마중 나온다.
높다란 방에 손을 인도하고, 밤에 빗장도 안 건다.
삼목(杉木)에 옻칠한 목욕탕, 강물이 넘친다.
애초에 없던 대, 씻으니 더욱 가볍다.

침상에 쓰러지니 코고는 소리 사방이 놀란다.
둥둥, 오경의 북소리에 하늘 아니 밝는다.
아침 죽 먹으라는 목탁소리 맑게도 울리더니,
사람 소리 아니 들리고 신발소리만 들린다.

교외에서 봄을 맞으며

동풍(東風)은 아직 동문(東門)으로 들어가려

◇ 도회의 생활을 벗어나 시

아니하니,
말을 달려 다시 지난해의 촌락을 찾는다.

사람은 가을 기러기처럼 신실하게 찾아오지만,
삶이란 봄날의 꿈과 같아 흔적없이 사라지도다.

강성(江域)의 허연 탁주, 텁텁한 석 잔에.
야로(野老)의 검은 얼굴, 따뜻한 웃음.

이미 해마다 이 모임을 갖자고 기약했거늘,
고인(故人)이여, 초혼(招魂)을 노래할 필요가 없다.

골에서 봄을 맞는 시인의 부푼 감정이 잘 드러난 작품이다. 아늑한 시골의 정취가 물씬 풍긴다.

황정견(黃庭堅)

청명(清明)

좋은 명절 청명(清明)에 복사 오얏 웃는데,
발 사이 거친 무덤은 시름겨울 뿐.

천둥에 놀란 누리, 용사(龍蛇)가 꿈틀한다.
비가 흡족한 들판, 초목(草木)이 부드럽다.

제사 나머지 빌어먹고 처첩(妻妾)에게 뽐내던 사람.
불에 타서 죽을지언정 공후(公侯)를 마다하던 선비.

어질거나 어리석거나 천년(千年), 누가 알아 줄까?

◇황정견은 소식과 더불어 송시(宋詩)의 대표적인 시인이다. 이 시는 봄을 맞이하면서 인생고락(人生苦藥)의 무상함을 노래한 작품이다.

눈에 가득한 쑥대밭, 같은 하나의 둔덕인데!

쾌각루에 올라

미련한 자식처럼 관청 일 끝내버리고,
쾌각(快閣)에서 동서로 맑은 저녁 하늘 바라본
다.

낙엽 진 천(千)의 산, 하늘은 너르고,
맑은 강 한 가닥, 달은 또렷하다.

붉은 현(絃)은 이미 고운 님 때문에 끊었지만,
검은 눈은 잠깐 좋은 술로 해서 돌려진다.
만리 밖으로 돌아가는배, 피리를 불자.
이 마음 나하고 갈매기가 맹세했거늘!

◇ 이 시는 자못 냉정하면서도 주지적인 작품이다. 정자에 올라 인간 세상을 내려다본 시인의 감정이 한 편의 시로 승화되어 있다.

육유(陸游)

산남행(山南行)

내 산남(山南)으로 다니기 이미 사흘——
동아줄같은 한길은 동서로 벋어 나가고,
편한 냇물과 기름진 들은 끝이 없는데,
보리밭은 푸르고 뽕나무는 우거져 있다.

함곡관(函谷關)·진(秦)나라에 가까운 고장,
기풍도 씩씩하구나.
그네뛰기 공차기에 모두 편을 가르는구나.
구름에 이어진 거여목의 들, 말굽 소리도 힘차
구나.

◇ 이 작품은 송시(宋詩)의 대가인 육유의 시이다. 기울어져 가는 국운(國運)을 슬퍼하는 애국시이다.

양편에 줄지은 버드나무 길, 수레 소리도 드높구나.

옛날부터 전해오는 뚜렷한 흥망의 자취,
눈에 보이는 산천은 오히려 전과 같다.
한신(韓信) 장군의 단상에는 찬 구름이 낮고,
제갈(諸葛) 승상의 사당에는 봄 해가 저문다.

나라는 백년년 동안 중원(中原)을 잃었다.
장강(長江) ·회수(淮水)로 군사를 내어야 무찌르기 쉽지 않다.
반드시 북소리가 하늘에서 내려올 날이 있으리니,
오히려 관중(關中)을 가지고 근거지를 삼아야 하리.

한중(漢中)에서 묵으며

◇ 빼앗겼던 산하를 다시 둘러보는 부푼 감정을 노래한 시이다.

구름 위 잔도로, 병풍같은 산으로, 달포나 여행했더니,
말굽이 이제 한중(漢中)을 밟는 것이 기쁘구나.

진옹(秦雍)으로 이어진 땅, 내와 언덕도 훌륭하다.
형양(荊揚)으로 내리는 물, 낮과 밤으로 흘러간다.

오랑캐 잔당은 비실비실, 별 수 없건만——
외로운 신하만 말똥말똥, 잠 못 이룬다.

좋은 기회가 훗날의 회한될까 두려운데,
대산관(大散關) 끝에는 또 하나의 가을.

검 문(劍門)의 가랑비

옷에는 길 먼지 또 술 자국.
하염없는 나그네, 이르는 곳마다 넋을 잃는다.
이 몸에는 시인이 합당한 것인가?
가랑비 속에 나귀 타고 검문으로 들어간다.

◇하염없이 내리는 가랑비를 맞으며 자신의 처지를 되새겨보는 시인의 외로운 심사가 한 편의 시로써 표출된 작품이다.

원호문(元好問)

기 양(岐陽)

1

기병돌격대의 연이은 진영, 새도 날지 못한다.
북풍은 휘익휘익, 눈이 오실 듯 찌푸린 날씨.
삼진(三秦)의 요새는 예나 이제나 한결같거늘,
천리(千里)의 소문이 옳은지 그른지 말해다오.

날뛰는 고래 무리에 인해(人海)가 말라버렸고,
게다가 뱀과 개에게 철산(鐵山)이 에워싸였다.

막다른 길에서 원(院)서방은 뾰족한 수가 없구나.
물끄러미 바라보는 기양(岐陽), 눈물이 옷에 가득하다.

◇원호문의 시에는 주로 애국적인 의지가 담겨있다. 이 민족에게 침략 당한 조국의 슬픔을 분개한 작품이 그의 문학적인 특성을 살려주고 있다.

2

백이(百二) 지세에 풀이 퍼지지 못한다.
십년(十年) 전쟁에 진(秦) 나라 서울 어둡다.

서쪽으로 바라보는 기양(岐陽), 소식이 없는
데——
동쪽으로 흘러가는 롱수(隴水), 곡성이 들린
다.

들의 덩굴은 정이 있어서 흰 뼈를 휘감지만,
지는 햇살은 무슨 뜻으로 빈 성을 비추는가?

누굴 따라 자세히 푸른 하늘에 물어 보겠
는가?
어이하여 치우(蚩尤) 놈에게 다섯 가지 병기
를 주셨냐고!

3

아홉 마리 호랑이가 눈을 뜨고 지키는 진(秦)
나라가
비겁한 초(楚) 나라와 제(齊) 나라처럼 밥상의
고기가 되었다.

우공(禹貢)의 토지 등급에 육해(陸海)로 꼽혔
거늘!
한대(漢代)의 영토 분계는 천산(天山)에 닿
았거늘!

북풍(北風)은 펄럭펄럭, 날라리 소리가 슬프다.
위수(渭水)는 썰렁썰렁, 전사자의 뼈가 시리
다.

서른 여섯 봉우리는 장검(長劍)처럼 버텼는데,
신선의 손바닥은 안타깝게도 한가롭기만 하구나.

유종원(柳宗元)

강 설(江雪)

산에는 새 한 마리 나르지 않고
길에는 사람 사람 자취 끊어졌다
외로운 배에 탄 삿갓 쓴 늙은이가
혼자서 낚시질하는데 강에는 눈이 나린다.

◇유종원은 한유와 더불어 고문(古文)의 대가이며, 당송 8 대가의 한 사람이다. 이 시는 제목 그대로 강에 내리는 눈을 보고 지은 시이다.

이하(李賀)

머리 빗는 여인

서시(西施)가 새벽꿈을 꾸는 생초방장은 차갑다
향기로운 낭자는 느슨한데, 흐려진 연지.
고패가 삐걱삐걱 돌아가면서 울리는 소리에
놀라서 깨어난 부용꽃. 잠은 실컷 잤다.

쌍란 경대를 열어젖히니 가을 물빛.
낭자 풀고 거울을 보려고 상아 침상에 선다.
한 타래 향그로운 실, 땅에 흩어진 구름.
옥비녀 떨어진 곳, 소리 없이 반지르르.

하얀 손이 다시 틀어올리는 까마귀 빛깔,
새까맣고 매끄러워 칠보 비녀를 꽂기 어렵다.

◇이하의 자(字)는 장길(長吉)이다. 그는 27세의 젊은 나이로 요절하였지만, 그 짧은 생애 동안에 주옥같은 시들을 많이 남겼다.

봄바람 하늘하늘 불어와 나른한 몸을 괴롭힌다.
열 여덟 낭자는 너무 많아라, 기운이 없다.

화장을 마치고 보니, 살짝 기울어진 낭자.
구름 치맛자락이 끌리는 모래톱의 기러기 걸음.

가을바람에 부치는 감상

남산은 어이하여 그리도 슬픈가?
귀우(鬼雨)가 인적 없는 풀밭에 뿌린다!

◇이 시의 주제는 제목 그대로 '가을 바람에 부치는 감상'이다.

장안(長安)의 한밤중, 가을
바람 앞에 몇 사람이 늙는가?

어슴프레한 영혼의 오솔길,
일렁이는 졸참나무 신작로.

달은 높아 나무에 그림자 없고,
온 산은 오직 하얀 새벽.

옻칠 같은 횃불이 새 사람 맞는데,
무덤 구덩이에 난무하는 반디불.

잠삼(岑參)

주마천행(走馬川行)

그대는 보지 못하는가? 주마천(走馬川)이 「눈의 바다」가상이로 흐르는 것을!
밍밍힌 모래 벌판이 하늘 위로 사라지는 것을!

◇국경지대를 무대로 한 남성적인 시를 많이 쓴 잠삼의 시풍은, 그가 당나라때 일선 지방이있던 서역(西域) 에

윤대(輪臺)의 구월, 밤에 울부짖는 바람,
강에는 온통 깨진 돌, 보릿자루만한 크기.
바람 따라 여기저기 돌들이 마구 딩군다.

흉노(匈奴) 땅에 풀이 누래지고 말이 마침 살찌니,
금산(金山) 서쪽에 연기가 오르고 티끌이 날린다.
한(漢)나라 대장은 서방 원정을 나선다.

장군은 갑옷을 밤에도 벗지 않고,
한밤에 행군하니 창이 서로 튕긴다.
바람은 칼끝처럼 얼굴을 찢는다.

말 털에 눈이 붙고 땀으로 김이 서리니,
오화(五花)말 연전(連錢)말 오줌이 얼어붙는다.
천막 안에서 격문을 기초하니 벼룻물이 언다.

되놈 기병은 말만 듣고도 간담이 서늘해서,
백병전 감히 가까이 달려들지도 못하겠지.
우리 군사(軍師)는 서문에서 개선행진을 기다리리.

오래 부임하였던 영향 때문인 것 같다.

왕유(王維)

송별(送別)

산속에서 배웅을 끝내고,
저녁 어스름에 사립을 닫는다.

◇이 시는 자연시인이었던 왕유의 대표작 중의 한 편이다.

봄 풀은 명년에도 푸르겠지만,
왕손(王孫)은 돌아올까, 아니올까?

잡시(雜詩)

1

집은 맹진(孟津) 강가에 있다오,
문은 맹진(孟津) 나루를 맛보고.
언제나 강남(江南) 배가 오거니,
집에 부쳐온 편지가 있는가요?

2

그대는 고향에서 왔으니,
고향 소식을 알겠구료.
오던 날 고운 창 앞에
찬 매화는 꽃이 달렸던가요?

3

이미 찬 매화는 피었다오,
그리고 새소리도 들려오고,
수심하면서 봄 풀을 보거니,
옥계(玉階)를 향해 자랄까 두렵다오.

◇왕유는 두보와 같은 시대에 살았지만 두보의 시와는 다른 일면을 가지고 있다. 두보는 당시의 사회상을 리얼하게 표현했지만, 왕유는 상류 계급의 쾌락을 주로 노래하였다.

원진(元眞)

직부사(織婦詞)

직부는 어찌 그리 바쁜가!
누에는 세 잠 자고 늙으려 한다.
누에의 여신은 일찌기 명주실을 만들었지만,

◇원진의 문학관은 백거이(白居易)의 문학관과도상통한다. 그는 '시란 쉽게 써야 한다'고 주장하였다. 그

금년 명주실 세금은 일찍도 거두는구나!

일찌기 거두는 것 관리들의 잘못이 아니니,
작년에 나라에서는 전쟁을 치루었기 때문.
병졸은 전투가 심해 창칼의 상처를 싸매었고,
장군은 공군이 높아 비단 장막으로 바꾸었고.

실을 켜서 비단을 짜는 일에 힘을 쓰지만,
물레를 고치고 베틀을 만지다보니 짜기가 어렵다.
동쪽 집의 머리가 센 두 여자,
꿩의 깃털 무늬 깨치다가 시집도 못갔다.

치마 끝에 휘청휘청 휘늘어진 실,
그 위에서 거미는 교묘하게 오고 간다.
부럽구나, 저 벌레 하늘을 꾸밀 줄 알아
허공에다 비단 그 물을 짤 수 있으니!

리하여 그는 '시란 모름지기 사회를 개선시킬 수 있는 것'이어야 한다고 역설하였다.

한유(韓愈)

산석(山石)

산의 돌은 울묵줄목, 길이 좁다.
황혼에 절에 다다르니 박쥐가 난다.
전당에 올라 섬돌에 앉으니 비가 흡족한 듯,
파초 이파리 커다랗고 치자꽃 탐스럽다.

스님은 옛벽의 불화(佛畵)가 좋다고 말하면서,
불을 가져와 비추는데, 그림이 희미하다.

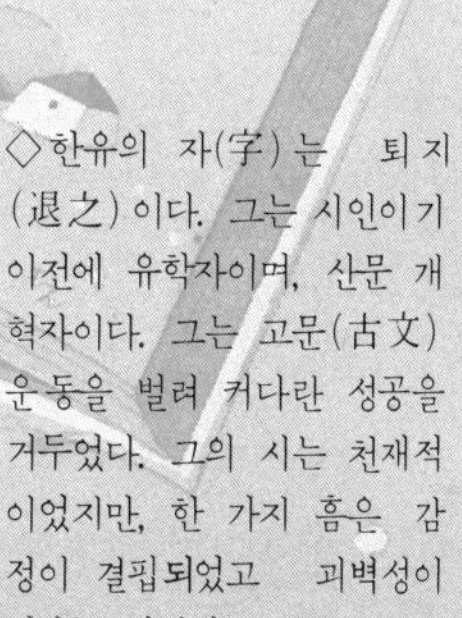

◇한유의 자(字)는 퇴지(退之)이다. 그는 시인이기 이전에 유학자이며, 산문 개혁자이다. 그는 고문(古文) 운동을 벌려 커다란 성공을 거두었다. 그의 시는 천재적이었지만, 한 가지 흠은 감정이 결핍되었고 괴벽성이 있다는 점이다.

평상을 펴고 자리를 깔고 국과 밥을 놓는다.
악식이지만 또한 내 시장한 배를 불려준다.
밤이 깊이 조용히 누우니 온갖 벌레 잠잠한데,
맑은 달 고개로 올라와 빛이 방문으로 들어온다.

날이 밝아 홀로 떠나니 길이 없다.
들락들락 오르락내리락 안개구름 속을 다 지나 간다.
산은 다홍, 개울은 초록, 그 찬란한 빛깔—
가끔 보이는 소나무와 상수리나무는 열 아름이 넘는다.
물가에서 맨발로 개울의 돌을 밟으니,
물소리는 철썩철썩, 바람이 옷에 분다.

인생은 이러하면 모두가 즐거울 수 있다.
어찌 옹색하게 남아. 고삐를 잡히는가?
아아, 아아. 나를 따르는 아이들아,
어이하여 늙도록 다시 돌아가지 않겠는가?

맹호연(孟浩然)

세모에 남산으로 돌아가며

◇오랫동안 산 속에서 야인(野人)으로 살았던 시인이 자연주의적인 입장에서 자신의 처지를 노래한 시이다.

북궐(北闕)에 상서는 그만 올리고,
남산으의 고향집으로 돌아가자.

재주 없어 명군께서 버리셨고,
병이 많아 친구까지 멀어졌다.

센털은 노년을 재촉하고
볼빛은 세모를 몰아친다.

시름이 그지없어 잠 못이루니,
소나무 달밤에 빈 들창.

친구의 농장에 들러

친구가 닭고기와 기장밥을 마련하고,
나를 시골집으로 불렀다.

신록은 마을 주위를 에워싸고,
청산은 성곽 너머에 비껴있다.

들창을 열고 마당과 채마밭을 바라보며,
술잔을 들고 삼밭과 뽕나무를 얘기한다.

중양철(重陽節)이 되기를 기다렸다가,
다시 와 국화 앞에 나서리.

◇친구의 초대를 받고 나서 그 기분을 노래한 시이다.끊임없는 과거시험에 응시하였지만 늘 낙방의 고비를 마셔야 했던 시인의 우울한 심사가 시의 밑바닥에 깔려있다.

이백(李白)

촉도난(蜀道難)

어허야아! 위태롭구나, 높을시고──
촉나라 길은 어렵다, 푸른 하늘 오르기보다도
  어렵다.

잠총(蠶叢)과 어부(魚鳧)와의
개국(開國)은 아득하다.

◇이 백의 자(字)는 태백(太白)이다. 수없이 많은 중국의 기라성같은 시인들 중에서도 가장 빛나는 시인 중의 한 사람이다. 두보(杜甫)와 함께 당시(唐詩)의 쌍벽을 이룬다.

그 뒤로 4만 8천 년──
진(秦)나라 변경과의 교섭이 없었다.
서쪽 태백산(太白山) 너머로 새는 날아서
아미산(峨眉山) 꼭대기로 빠져올 수나 있을
을까?

땅이 꺼지고 산이 무너져 장사가 죽더니,
하늘에 닿은 사다리와 돌로 쌓은 잔도(棧道)
가 차츰 놓였다.

위로는 햇님의 수레도 돌아가는 봉우리가 있
고,
아래로는 세찬 물결이 거꾸로 흐르는 소용돌
이가 있다.
노란 두루미의 날개로도 지나가지 못하고.
원숭이의 재주로도 기어오르는 어렵다.

청니(清泥) 고개는 서리서리──
백 걸음에 아홉 번은 바위를 돈다.
삼성(參星)을 잡고 정성(井星)을 지나며 어
깨로 숨쉰다.
손으로 가슴을 쓸며 앉아서 길게 탄식한다.

묻노니, 그대는 서방 여행에서 언제나 돌아오
려느뇨?
무섭게 깎아지른 길 더위잡을 수도 없다오.

보이느니, 고목에서 울부짖는 슬픈 새.
숫놈이 날면 암놈도 좇아 수풀 사이로 맴돈다
또 들리느니, 달 밤 빈 산 시름겨운 소쩍새울

음.
촉나라 길은 어렵다, 푸른 하늘 오르기보다도
어렵다.
얘기만 들어도 홍안에 주름이 생기리라.

잇닿은 산봉우리는 하늘과 한 자 사이도 못된
다.
마른 소나무는 절벽에 거꾸로 걸려 있다.
여울물 튀고 폭포수 떨어져 시끄러운 소리—
땅에 부딪고 돌을 굴려 골짜기마다 천둥이다.

그 험하기 이와 같소.
아아, 그대 먼 길손이여, 어이하려 왔느뇨?

검각(劍閣)은 가파롭고 우뚝하구나
한 사람이 관문을 지키면,
만 사람도 꿰뚫지 못한다.
지키는 사람이 천한 이가 아니면,
이리나 승냥이로 바뀔지도 모른다.

아침엔 사나운 범을 피하고
저녁엔 기다란 뱀을 피한다.
이빨을 갈아 피를 빨아먹고
삼대를 배듯 사람을 죽인다.
금성(錦城)은 즐겁다고들 말하지만
일찌감치 집으로 돌아 감만 못하다.
촉나라 길은 어렵다, 푸른 하늘 오르기보다도
어렵다.
몸을 돌려 서녁을 바라보며 길게 한탄한다.

도연명(陶淵明)

귀전원거(歸田園居)

1

젊어서 세속에 적응하지 못했으니,
성격이 본래 언덕과 산을 사랑했다.
잘못 올가미에 빠져
내처 30년이 지났다.

조롱의 새도 옛날의 숲을 그리워한다.
연못의 고기도 이전의 늪을 생각한다.
남쪽 들의 황무지를 개간하자,
고집을 세우고 전원으로 돌아온다.

마당은 천여 평인데,
초가는 8, 9간이다.
버들·느릅나무는 뒤 처마를 그늘지우고,
오얏·복사나무는 마루 앞에 늘어서 있다.

가물가물 촌락은 먼데,
하늘하늘 마을의 연기.
개는 골목길 안에서 짓고,
닭은 뽕나무 위에서 운다.

집안에 번거로움이 없으니,
빈방에 한가로움이 넘친다.
오랫동안 새장 속에 있다가
다시 자연으로 돌아왔구나!

◇도연명의 시의 테마는 주로 전원 생활에 대한 동경이다. 그는 철저한 생활시인이었다.

2

들판 밖에는 인사 차례가 적으며,
골목 안에는 거마 왕래가 드물다.
대낮에도 가시나무 사립을 걸어두니
빈방에는 번잡스런 생각이 끊어진다.

때로는 후미진 길을 따라
풀을 헤치며 서로 내왕도 하지만,
만나야 허튼소리는 없고
다만 뽕나무 · 삼이 자라는 얘기

뽕나무 · 삼은 날마다 자라나고
내 땅은 날마다 넓어지지만,
늘 두렵기는 서리와 싸락눈이 와서
잡초와 함께 시들까 하는 것이다.

3

콩을 남산 밑에 심었더니.
풀만 무성하고 콩모종은 드물다.
새벽에 일어나 기음을 매고
달빛 속에 호미 메고 돌아온다.

길은 좁은데 초목만 크게 자라
저녁 이슬에 내옷이 젖는다.
옷이 젖는 거야 아깝지 않지,
다만 소망만 어그러지지 말아라.

4

오래 산과 진펄을 떠나긴 했지만
광막한 숲과 들은 즐거운 곳이다.

아이놈들 데리고 떨기나무 헤치며
황폐한 촌락을 거닐어 본다.

무덤 사이에서 오락가락,
예전 집터에서 서성서성.
우물과 부뚜막이 있었던 자리,
뽕나무와 삼이 썩은 그루터기.

나뭇군을 찾아 물어본다.
「이 사람들 모두 어디로 갔나요?」
나뭇군이 나에게 대답한다.
「죽어버리고 남은 사람이 없읍죠!」

한 세대면 세상이 바뀐다고,
이 말은 참으로 거짓이 아니다.
인생이란 환상과 같은 것,
끝내 공허로 돌아가고 만다.

5

언짢은 마음, 홀로 막대를 짚고
꾸불텅꾸불텅 떨기나무 사이로 온다
산골 물은 맑고도 얕아,
나의 발을 씻을 수 있도다.

새로 익은 술을 걸러다오,
닭 마리로 이웃을 부르겠다.

해가 지니 방안이 어둡지만
가시나무로 촛불을 대신한다.
즐거울 땐 짧은 밤이 안타깝다.

벌써 아침 해가 떠오른다.

왕발(王勃)

산중(山中)

큰 강은 슬픔에 막혀거늘
만리 밖에서 돌아갈 생각——
더구과 높은 바람 이는 저녁이니,
산과 산에 누런 잎이 날리니.

◇이 작품은 당시(唐詩)의 선구자인 왕발의 시이다. 그의 시는 주로 소박한 가운데 시인의 진실한 감정을 노래하고 있다.

산방(山房)의 밤

거문고를 안고 방문을 열어놓고
술잔을 잡고 정인(情人)을 대한다.
숲속의 못가, 달밤의 꽃 아래——
또 다른 하나의 봄나라.

◇짧은 시 속에 시인의 감정을 최대한 압축함으로써 시를 한층 성공시키고 있다.

두보(杜甫)

병거(兵車)

수레들은 덜컹덜컹, 말들은 히힝히힝.
병사들은 제각기 활과 살을 허리에 찼다.

부모와 처자가 따라가며 배웅하니,
일어나는 먼지의 함양(咸陽)다리 안보인다.
옷자락에 매달려 발구르며 길을 막고 통곡한
다.

◇두보는 이백과 더불어 중국 최대의 시인으로 꼽힌다. 이백이 신선형의 시인이라면 두보는 고뇌하는 인간형의 시인이다. 두보와 이백을 가리켜 이두(李杜)라고 부르는 것은 두 사람의 시가 완전히 상반되면서도 그 구사하는 솜씨가 천하에 겨룰 자가 없는 쌍벽을 이루고 있기 때문이다.

통곡하는 소리는 구름 위에 닿는다.

길옆에 지나가던 사람이 병사에게 물었다.
병사에 대답은 짧게,
「점고가 잦습니다」

열 다섯부터 북녘의 황하를 지키던 사람,
마흔이 되자 서녁의 둔전(屯田)을 짓는다.
갈 때에 이장(里長)이 머리를 싸매어주더니,
머리 세어 돌아와 또 수자리를 산다.
국경에는 피가 흘러 바닷물 되었는데도,
무황(武皇)의 국경 개척은 그칠 줄 모른다.

그대는 듣지 못하는가? 한(漢)나라 산동(山東)
　2백 고을의
동네마다 마을마다 가시나무 자라는 마을!
기운 센 에미네가 호미와 쟁기를 잡지만,
모종이 밭이랑에 자라나 동서를 가릴 수 없다고.

더구나 진(秦)나라 군사는 괴로운 싸움도 견
　딘다고
개나 닭과 다름없이 마구 몰아댄다.

「어르신네가 물어주시기는 하지만,
졸병이 감히 한을 풀겠읍니까?」

「또한 지난 겨울처럼
관서(關西)의 병졸을 쉬게 않는다면,
나라에서 세금을 재촉한대도
세금을 어디서 내겠읍니까?」

「정말, 아들 낳는 것 나쁘고
딸 낳는 것 좋음을 알겠읍니다. 」

딸을 낳으면, 하기사, 이웃에 시집이나 보내
지만,
아들을 낳으면 잡초처럼 흙에 묻히고 말지.
그대는 보지 못하는가? 청해(青海)의 끝을!
예로부터 백골을 추려주는 이 없어,
새 귀신은 원망하고 묵은 귀신은 통곡하니,
날 흐리고 비 뿌리면 들리는 소리 훌쩍훌쩍.

백거이(白居易)

장한가(長恨歌)

◇백거이는 한 마디로 민중 시인이었다. 그는 많은 시가(詩歌)를 지어 당대(当代) 정치적인 혼란과 어지러운 사회상을 고발하고 민중의 가난한 생활상을 호소하였다.

한(漢)나라 황제는 경국지색을 사모하셨건만,
용상에 오르신지 오래도록 찾아내지 못하셨다.
양(楊)씨 댁 아가씨 이제 다 자랐건만,
규중에 깊숙이 있으니 아는 사람 없었다.
하늘이 내린 아름다움만은 스스로도 못버리는
법
하루 아침 뽑혀서 천자님 곁에 모셨다.
눈동자 굴려 살짝 웃으며 온갖 미태 생겨나니
육궁(六宮)의 미녀들은 모두 빛을 잃었다.

봄 추위에 내리신 화청군(華清宮) 욕실의 목
욕.
온천 물은 희고 매끄러운 살결에 부드러웠다.
몸종의 부축으로 일어나니 힘없이 요염한 자

태,
비로소 새로이 천자님의 사랑을 받을 때.

구름같은 머리칼, 꽃다운 얼굴, 황금 비녀,
부용꽃 방장에서 따뜻하게 봄밤을 지냈다.
봄밤은 너무나 짧구나, 해가 이미 높이 올랐
구나.
이때부터 황제께서는 조회에 나오지 않으셨다.

비위를 맞추고 잔치에 모시느라 틈이 없으니,
봄에는 봄놀이 따르고 밤에는 밤을 독차지 했
다.

후궁의 아름다운 여인들은 3천 명——
3천 몫의 사랑을 한 몸에 받았다.
황금의 궁전에서 화장 마치고 기다리는 밤,
백옥의 누각에서 잔치 끝나면 피어나는 봄.
언니들과 오빠들도 모두 제후의 서열——
놀랍구나, 대문에도 후광이 비쳤다.
드디어 세상의 부모들로 하여금 아들 낳기
보다
딸 낳기가 더 귀중하다고 여기게 했다.

여산(驪山)의 이궁은 높아라, 구름 속에 뾰족
한데,
신선의 음악은 바람 따라 곳곳에 들렸다.
느린 가락, 조용한 춤에 엉겨드는 피리와 거
문고——
황제는 온종일 보시고도 싫증을 모르셨다.

어양(漁陽)의 북소리 대지를 울리며 다가오
니,
서역의 곡조는 놀라서 깨어졌다.

구중궁궐에 연기와 티끌이 일어나니,
수천의 수레와 말은 서남쪽으로 갔다.
비취 깃발은 흔들흔들 가다가 서다가,
서쪽으로 도정의 문을 나서기 백 리 남짓,
6군이 꿈쩍 않으니 어찌할 수 없구나,
곱다란 아미 숙이고 말 앞에서 죽었구나!

꽂비녀 땅에 버려졌건만 집는 사람 없었다.
비취 깃털, 공작 비녀, 또 옥비녀도.
황제는 얼굴 가리고 구해주지 못하셨다.
돌아보는 얼굴엔 피눈물이 섞여서 흘렀다.

누런 먼지 흩날리고 바람은 썰렁썰렁,
높다란 잔도(棧道)로 굽이굽이, 검문관(劍門
關)에 올랐다.
아미산(峨眉山) 밑에는 다니는 사람 드물고,
빛 잃은 깃발에 햇볕도 바랬다.

서촉(西蜀)의 강물은 초록색, 서촉의 산은 감
청색.
황제는 아침마다 저녁마다 생각에 잠기셨다.
행궁에서 보이는 달, 상심에 젖은 빛 깔.
밤비에 들리는 방울, 애가 끊어질 소리.

천하의 정세가 일변하니 어가(御駕)가 돌아섰

다.
여기에 이르러 머뭇머뭇 나가지 못하니,
마외역(馬嵬驛) 언덕 밑 진흙 속에
그 얼굴 간데없고 죽은 곳만 허무하구나!
황제와 신하는 서로 보며 모두 옷을 적셨다.
동쪽으로 도성의 문을 바라보며 힘없이 나갔다.

돌아오니 연못과 동산은 옛날과 같구나.
태액지(太液池)의 부용꽃, 미앙궁(未央宮)의 버들잎.
부용꽃은 그 얼굴, 버들잎은 그 눈썹.
이를 보고 어떻게 눈물 아니 흘릴까?
봄 바람에 복사 꽃 피는 날,
가을 비에 오동 잎 지는 때

서궁(西宮)과 남내(南內)에 가을 풀 우거졌다.
낙엽은 섬돌에 가득한데 단풍도 쓸지 않았구나.
이원(梨園)의 제자(弟子), 하얀 머리 새롭다.
초방(椒房)의 아감(阿監), 푸른 눈썹 늙었다.

저녁 전각에 반디 나니 생각은 쓸쓸하구나.
외로운 등잔을 돋우느라 잠 못 이루는구나.
종소리는 느릿느릿, 이제 밤이 길다.
은하수는 반짝반짝, 겨우 날이 샌다.
싸늘한 원앙 기와, 서리꽃 겹쳐 있다.

차가운 비취 이불, 누구와 함께 잘까?
아득하구나 삶과 죽음, 이별이 해를 넘
기는데,
혼백은 아직 꿈에도 돌아오지 아니했다.

임공(臨功)의 도사로 문안에 들어온 나그네,
정신력을 기울이면 혼백을 모셔올 수 있다고.
천자님 뒤척뒤척 잠 못이루시는 상사(相思)에
감동하여
드디어 방사(方士)로 하여금 은근하게 찾도록
시켰다.

공중으로 솟아 대기를 타니 번개처럼 빠르구
나.
하늘로 오르고 땅으로 들어가 두루 찾았다.
위로는 벽락(碧落)까지, 아래로는 황천(黃泉)
까지,
그 어디도 모두 망망할 뿐, 보이지 않았다.
갑자기 들리기를, 바다 위에 신선의 산이 있단
다.
그곳은 아른아른 허공 가운데 있단다.

영롱한 누각에 오색 구름이 일어나는데,
그 가운데 얌전한 선녀들이 많다고.
가운데 한 사람 이름이 태진(太眞)이라니,
눈같은 살갗, 꽃다운 모습이라니, 기연가 미
연가?

황금 대궐 서쪽 별당의 백옥 대문을 두드려,

마중나온 소옥(小玉)이를 시켜 쌍성(雙成)에
게 알리도록.
한(漢)나라 황제의 사신이란 전갈을 듣자,
꽃무늬 흐드러진 속에서 꿈은 놀라
깨었다.

옷깃을 여미며 베개를 밀치고 일어나 서성거
리다가.
진주(珍珠) 발 은(銀) 병풍을 하나하나 열고
나왔다.
구름 같은 머리칼 반 남아 처졌으니 새로 잠
을 깼구나.
화관(花冠)을 매만지지도 못하고 지대 아래
내렸구나.

바람에 선녀의 소맷자락 팔랑팔랑 나부끼니
그대로 「무지기와 깃옷」의 무용같구나.
옥같은 얼굴 쓸쓸한데 눈물은 줄줄——
봄비에 젖은 배꽃 한 가지.

정다운 눈길은 멀리 황제께 예를 올린다.
「이별한 뒤 음성과 용모 모두 망망하옵나이다.
소양전(昭陽殿)에서의 은애(恩愛)는 끊어졌
사옵나니,
봉래궁(蓬萊宮)에서의 일월(日月)만 지루하
옵나니다.

「고개를 돌려 문득 인환의 거리 내려다 보았
오나,

장안(長安)은 아니보이옵고 티끌과 안개만있
사옵나이다.」
오직 옛 물건만 깊은 정표가 되리라고,
자개 상자와 황금 비녀를 부치겠단다.
비녀 한 가닥, 상자 한쪽을 남겼는데,
비녀는 황금을 떼내고, 상자는 자개를 갈라 낸
것.
다만 마음이 황금이나 자개처럼 굳기만 하노
라.
하늘 위의 세상에서 만날 길 있으리니.

떠날 마당에 은근히 거듭 전갈하였으니,
거기에는 두 사람만 아는 맹세가 있었다.
「칠월 하고도 칠석, 장생전에서
아무도 없는 야반에 속삭이셨다오.」
「천상에선 비익조(比翼鳥) 되어지이다.
지상에선 연리지(連理枝) 되어지이다.」

장구한 천지 끊일 때 있겠지만,
이 한은 면면히 끊일 날 없으리.

안사이 히도시(安西均)

꽃과 마음

◇사랑하는 사람을 위해서 꽃을 찾아 헤매는 시인의 마음이 잘 드러나 있는 시이다.

서글픈 밤의
어느 거리의 모퉁이에서
사랑의 빛깔에 물들며
꽃집에는 꽃송이가 가득히

화려한 이야기처럼

슬기로운
가슴을 앓으며 꽃을 찾는
그 꽃을 웃음지으며
님에게 바치면
더욱 보람된 일

그러나 그보다도
드리고픈 꽃을 찾지 아니하고
애정을 버리고
꽃을 보고만 있는 것은
한결 거룩하여라.

꽃집에서는 나의 이 말도
가지각색이어라
번화한 꽃송이처럼
밤거리의 모퉁이를 돌아서면
나의 마음은 외로워지네.

슬픔 속에서
무엇이든 보고만 있는
마음뿐이런가.

오까자끼 세이이찌로오(岡崎清一郎)

벚 꽃

벚꽃이 피었네.

◇시인은 벚꽃의 가녀린 모

습을 보고 거기서 슬픈 숙명을 발견한다. 이 시는 어딘지 모르게 우울하면서도 삶의 의지가 끈끈하게 묻어있는 생활시이다.

벚꽃은 아름다워.
나의 꽃은 여인처럼.
허나 벚꽃은 과자처럼 먹을 수는 없어요.
여기에 벚꽃의 서글픈 사연이 있습니다.
꽃은 벚꽃 사람은 무사, 옛부터 내려오는
얼마나 서글픈 논리인가요.
오늘 다는 아침부터 아니 한시간쯤
뻰질나게 만발한 벚꽃나무 밑을 헤매어
다녔읍니다.
바람이 불면 펄펄 떨어지는 꽃잎
바람이 불면 꽃잎이 하늘거렸읍니다.
보리밭이 크게 물결치며 흔들리고
피곤한 나는 주저앉은채
거리의 굴뚝에서 피어오른 연기를 바라보며
나와 함께 거기서 일하고 있는
그리운 연인을 생각했읍니다.
나는 그녀를 진정 사랑했읍니다.
나는 마음속 깊이 그녀를 귀여워했읍니다.
그러나 그녀와는 영원히 맺을 수 없는 숙명이
었읍니다.
나는 눈물을 지으며 벚꽃을 바라보았읍니다.
연인과 같은 아름다운 벚꽃을
밥이 될 수 없는 이 꽃을
나의 마음의 상처를 쓰다듬어준 슬기로운 이
꿈을.

다까무라 고우따로오(高村光太郎)

알몸과 심장

헤아릴 수 없는
육체의 정욕
밀물처럼 무서운 힘.
아직도 타오르는 불꽃
화룡은 심장처럼 뛰네.

펑펑 쏟아지는 눈송이
깊은 밤에
사랑의 축연을 벌려
적막한 하늘의
환희를 외치네.

우리는
이상한 힘에 눌리어
끝없는 꿈속에 잠기네
속삭이는 장미빛 탄식은
별빛에 반사되어
우리들의 생명을
무한히 창조해 내고 있네.

겨울에 잠기는
요람의 마도
겨울에 싹트는
땅속 깊은 곳에서 움터오는
모든 것이 타오르는 것은
사랑의 맥박과 더불어 뛰고
우리들의 마음속에
황홀한 전류를 울리네.
우리들의 살결은
눈부신 생기

◇시인은 이 시에서 '사랑'을 하나의 '인격'으로 승화시키고 있다. 그리하여 고매한 '휴머니티'를 사랑 속에 불태우고 있다.

우리들의 심장은
사랑의 기쁨에 몸부림치며
우리들의 머리 칼은
형광등처럼 빛나고
우리들의 손가락은
화려한 생명을 얻어
온몸을 더듬어 오르네.
희열에 떠는
아름다운 사랑은
갑자기
우리들의 머리위에
그 모습을 비치네.
빛에 싸이고
행복에 싸이고
모든 차별도 없어져
독초와 감초는 똑 같은 맛
참을 수 없는 아픔에 몸을 비틀며
극심한 법열은
이상한 미로를 비추어 주네.
우리는 눈 속에
따뜻하게 싸여서
천연의 사랑속에 녹히어
끝없는 지상의 사랑을 탐내며
아득히
우리들의 생명을 찬양하네.

노무라 히데오(野村英夫)

기도

하느님 혹시 제가
고요한 그림자와 밝은 노래를
두개를 모두 알고 있고
정다운 소녀를
사랑해 버린다면
나는 정말 사랑을 받을 수 있을까요?
정다운 소녀가 고요한 눈동자로
나를 지켜보고 있을 때
나는 사랑을 받고 있는 듯 생각합니다.
그런데 금잔디 위에서
그 소녀가 밝은 노래를 부르고 있을 때
나는 날지 못하는 나비처럼
미소지은 소녀의 눈동자에서
버림을 받은 느낌입니다.
내가 그렇게 정다운 소녀나 동생들과
식탁을 에워싸고 있을 때
단 하나의 조그마한 행복은
나의 마음속에 안겨집니다.
하느님 만약 나의 나날이
어떠한 차거운 눈물로
가득 차 있더라도
내가 그저 홀로
고요히 지나게 되고
소녀의 마음이 언제까지나
나의 슬픔과 정다움 때문에
명랑한 행복에
싸여 있도록

사까모도 료오(坂本遼)

◇소녀의 사랑을 잃고 싶지 않은 시인의 간절한 염원이 깃들어 있는 시이다. 언젠가는 잃어버리게 될른지도 모른다는 소녀에 대한 불안스러운 사랑의 감정이 시의 전편을 어둡게 흐르고 있다. 이 시는 하나의 희망이라기 보다는 차라리 푸념같은 독백이라고 할 수 있다.

연인(戀人)

종달새가 풀숲의 조그마한 집에
다사롭게 드노라면
시골 밤의 밭 이랑에는
나만 홀로

오늘밤도 나만 홀로
커다란 숨을 내 쉬며
서 있네.
먹빛 하늘과 어두운 언덕은
점점 가까이 다가서서
곤히 잠이 들었네.

어두운 언덕 위에는
하얀 우유빛 오솔길이
커다란 유방의 곡신처럼
그 높은 곳에
까만 점이 하나
그것이 사랑하는 여인의
모든 것을 차지하였네.
한낮에도 어두운
아늑한 숲속에서

숲속에는
아스무레 빛나는 것이 있네.
그것은
어둠속의 자작나무이라네.

◇임을 기다리는 시인의 마음이 간절하게 나타나 있다. 혹시나 임이 오실까 하고 못내 기다리는 어두운 밤은 하염없이 흘러만 간다. 기다리다 지친 시인의 눈엔 오솔길이 우유빛처럼 흐려보이고, 언덕배기가 연인의 유방처럼 가까이 다가온다. 아주 섬세하면서도 예민하게 엮어간 작품이다.

언덕위를 날으는
작은 새들이
어젯밤
이 자작나무에 부딪쳐
사랑의 상처를 입었다네.

연인은 사랑하는 새를
가슴에 안고
언제까지나
언제까지나
쓰다듬어 주었다네.

사사자와 요시아끼(笹澤美明)

국화

님의 품안에서
천연의 여운을 간직하고
조용히 피어 있네.
마음도 흔들리지 않는
근엄한 향기를 풍기네
또다시 피어버린
정적속에 서 있는 고귀한
청초한 자태
운도 부드럽게 밖으로 흐르네
기도하듯이 바라보는 소년의 손에
고요한 시간이
고귀하게 물들어 흘러넘치네.
천년 간직한

◇이 시의 작자(作者) 인 시인은 현실과는 거리가 먼 이상세계에서 국화를 바라보고있다. **조용히 안정된** 모습으로 피어서 마음조차도 흔들리지 않는 국화의 모습은 바로 시인이 갈구하는 삶의 진지한 자세이다. 정적 속에 서 있는 고귀하고도 청초한 자태, 그래서 더욱 사랑의 향기가 배어나는 천 년의 꽃, 그 꽃의 고요한 자태야 말로 시인이 지금까지 간직하고, 또한 앞으로도 지켜가야 할 성실한 삶의 정신인 것이다.

무라노 시로오(村野四郎)

여인의 방

창문이
책갈피처럼
방긋이 열려 있네

여인은 어디가고
경대 앞에
반짝이는 커다란 머리핀
방구석에는
까만 철제의 악보대나
이끼가 낀 악궁이
어즈러히 널려있네.

무언지 방 안에서
나를 꾸짖는 듯한
인상으로 가득찬 것이
이 눈에
번득 비치어 오네.

◇여인의 방을 보고 느낀 감상을 서정적이면서도 대물적(代物的)인 수법으로 처리한 시이다. 이 시를 읽고나서 느끼는 기분은 마치 훈계를 듣고 난 뒤와 같다. 사랑하는 여인에게 현실적인 보살핌을 게을리 했던 시인이 여인의 방을 둘러보고 그 초라한 모습에 스스로 자책감을 느끼는 감정이 시의 전편을 흐르고 있다. 보기 드문 이색적인 작품이다.

사랑초

우리가 어느 순간
만남을 믿지 못하고
풀벌레 울음 소리에도 가슴 조이는
연약한 마음으로
일생을 살아가는 것은,
일종의 화려한 모순이다.

어느 누가 이것을 믿을 것인가
나는 너를 버리고
너는 나를 버리고
일순간의 헛된 정을 아쉬워 하는
흔들리는 이 세상의 바람,
칼끝을 앞세우는 바람,
번뜩이는 표독스러운 눈빛의 존재,
누가 믿을 것인가

이 세상 모든 것을,
이 세상 가득한 사랑의 의미를,
파도치는 가슴으로 헤아리면서
하늘인들 땅인들, 그 누구인들
참으로 믿을 수 있겠는가

나는 너를 그리워하고
너는 나를 기다리는
이 풍진 세상,
흔들리는 이 세상,
어느 누가 이것을 믿을 것인가.

◇남녀간의 사랑을 주제로 한 이 시는 인생의 흐름을 적나라하게 표출시켜 관조함으로써 '이 풍진 세상'을 철학적인 의문으로 연결시키고 있다. 일상적인 삶의 모습이 선연하게 드러나는 작품이다. '흔들리는 이 세상, 어느 누가 이것을 믿을 것인가' 이 작품은 한 편의 산문을 읽는 것과 같은 연상을 가지게 한다.

世界의 名詩

2019년 8월 25일 인쇄
2019년 8월 30일 발행

역은이 | 편 집 부
펴낸이 | 최 원 준

펴낸곳 | 태 을 출 판 사
서울특별시 중구 다산로38길 59(동아빌딩내)
등 록 | 1973. 1. 10(제1-10호)

■ **주문 및 연락처**
우편번호 04584
서울특별시 중구 다산로38길 59 (동아빌딩내)
전화 : (02)2237-5577 팩스 : (02)2233-6166

ISBN 978-89-493-0577-6 03890